从荒诞到反抗

De l'absurdité à la rébellion

导读加缪
《局外人》和《鼠疫》

une lecture pour
L'Étranger et *La Peste*
de Camus

余中先 著

华东师范大学出版社
·上海·

图书在版编目(CIP)数据

从荒诞到反抗:导读加缪《局外人》和《鼠疫》/余中先著. — 上海:华东师范大学出版社,2020
 ISBN 978-7-5760-0856-2

Ⅰ.①从… Ⅱ.①余… Ⅲ.①加缪(Camus,Albert 1913-1960)—小说研究 Ⅳ.①I565.074

中国版本图书馆 CIP 数据核字(2020)第 184174 号

从荒诞到反抗:导读加缪《局外人》和《鼠疫》

著　　者　余中先
责任编辑　顾晓清　韩　鸽
审读编辑　陈　震
责任校对　张佳妮
封面设计　郑絮文

出版发行　华东师范大学出版社
社　　址　上海市中山北路 3663 号　邮编 200062
网　　址　www.ecnupress.com.cn
客服电话　021-62865537
网　　店　http://hdsdcbs.tmall.com

印 刷 者　上海颛辉印刷厂有限公司
开　　本　787 毫米×1092 毫米　1/32
印　　张　6.125
字　　数　81 千字
版　　次　2025 年 3 月第 1 版
印　　次　2025 年 3 月第 1 次
书　　号　ISBN 978-7-5760-0856-2
定　　价　59.80 元

出 版 人　王　焰

(如发现本版图书有印订质量问题,请寄回本社客服中心调换或电话 021-62865537 联系)

1942年首次出版的《局外人》的封面，伽里玛出版社。

1947年出版的《鼠疫》精装版封面,马里奥·普拉西诺斯(Mario Prassinos)设计,伽里玛出版社。

加缪《局外人》在立陶宛演出的剧照。米尔达·尤克涅维奇特（Milda Juknevičiūtė）拍摄。立陶宛国家戏剧院藏（Lithuanian National Drama Theatre, CC BY）。

加缪在卢尔马兰的墓,墓碑极其简朴,仅刻有他的名字与生卒年"Albert Camus 1913—1960",一如他朴素客观的文风。墓碑旁常有访客放置石头、鲜花等以作缅怀。维罗妮卡·帕尼耶拍摄(Véronique Pagnier, via Wikimedia Commons, CC BY-SA 3.0)。

前言

《局外人》（*L'Étranger*）与《鼠疫》（*La Peste*），一前一后，是法国作家阿尔贝·加缪最著名的两部小说，也是构成加缪存在主义（假如"存在主义"这顶帽子可以让加缪戴上的话）哲学含义最深刻的两部代表性小说。

法国的学者和批评家普遍认为，加缪的作品，按其哲学思想的两条不同道路，可以排列成两个系列：荒诞和反抗。

其一："荒诞"的思想，在论著《西西弗神话》中得到阐述，在小说《局外人》、剧本《卡利古拉》和《误会》中得到进一步发挥。

其二：关于"反抗"的人道主义，则体现在小说《鼠疫》、剧本《戒严》和《正义者》之中，最后在论著《反抗者》中表现得更强烈。

有的学者干脆就以"西西弗神话"和"普罗米修斯神话"来概括这两个系列。

由此，我们可以说，读懂了《局外人》和《鼠疫》，就是读懂了加缪。而如果读通了《局外人》和《鼠疫》，差不多也就把加缪的作品都打通了。

《局外人》据说写于1940年的五月间，那正是德国人入侵巴黎的前夕，加缪当时才不到二十七岁。它与《西西弗神话》同时发表于1942年，是年加缪二十九岁。《鼠疫》写于《局外人》的同时期，但一直到1947年才最终出版，是年加缪三十四岁。后来，1957年，加缪获得了诺贝尔文学奖，而短短几年后，1960年，一场车祸夺走了加缪的生活，他只活了不到四十七岁。

很显然，这是一个年轻的作家，成名早，离逝也早。

只是，他的作品流传了下来，当然，那是出自一个年轻人之手的作品。但，那已经是世界文学中的经典了。

《局外人》和《鼠疫》的确配得上"经典"一词。

目录

1 加缪：来自阿尔及利亚的局外人   001

2 荒诞之人之荒诞处境   009
        / 导读《局外人》

3 人性中那些从未消失的邪恶   069
        / 导读《鼠疫》

4 从《局外人》到《鼠疫》   125

5 加缪的其他相关作品   153
        /《幸福的死亡》《误会》
        《卡利古拉》《戒严》
        《正义者》《反抗者》

结 语   181

参考文献   183

1
加缪：来自阿尔及利亚的局外人

一个法国人，
却出生并长期生活在阿尔及利亚，
这样的人在法语中有一个
特殊的称谓：黑脚人（pied noir）。

加缪何许人也？

查阅加缪的生平，在当今的互联网上是很容易做到的事，我也不想在此列出他的生平传记的大纲，我只想强调其生平中的几点要素，以求帮助读者更好地理解《局外人》和《鼠疫》这两部作品。

1913年十一月七日凌晨两点，阿尔贝·加缪（Albert Camus）生于阿尔及利亚的蒙多维［Mondovi，今称德雷安（Dréan）］。当时，阿尔及利亚是法国的殖民地。一个法国人，却出生并长期生活在阿尔及利亚，这样的人在法语中有一个特殊的称谓：黑脚人（pied noir）。我更愿意把它翻译为"黑脚杆"。你不是白人吗？你不是法国人吗？但你生活在阿尔及利亚，你只是小白人（petit blanc），末流侨民（petit colon），而且，你的脚杆是黑的。

而加缪，恰恰就是这样一个在殖民地长大的法国穷人的后代。

加缪自己相信，他那位当农业工人的父亲卢西安·加缪（Lucien Camus）的祖上来自法国的阿尔萨斯地区，而他母亲卡特莱娜·海伦·森泰斯（Catherine Hélène Sintès）那一系则是西班牙人。

加缪的父亲死于一战，他1914年八月在著名的马恩河战役中负伤，同年十月死于医院。需要强调的是，那时候，他的儿子小阿尔贝还不到一岁整。

幼年失怙的小阿尔贝，从此随不识字的母亲在阿尔及尔的一个贫民区中生活。他是靠奖学金才好不容易读完中学的。

了解加缪的这一身份，对我们理解他在《局外人》中塑造默尔索的形象恐怕不无帮助，我们甚至可以说，从某种程度上来看，从社会阶层的出身来看，加缪也是有道理把自己看成一个"局外人"的，至少，他在小说作品中塑造一个"局外人"的形象,也是有其生活基础的。

1933年起,加缪以半工半读的方式(在一个商业管理部门中打工)在阿尔及尔大学攻读哲学,1936年大学毕业,以一篇关于普罗提诺和圣奥古斯丁著作中关于古希腊文化与基督教的关系的论文,获得了大学文凭。但是,他的肺结核病妨碍了他后来通过参加考试来获得大学哲学教师头衔。

其间,1935年初,加缪加入了法国共产党。

加缪酷爱戏剧,从学生时代起就参与了种种的戏剧工作。他创建了"队剧团"(Théâtre de l'Équipe),改编排演了安德烈·马尔罗的《轻蔑时代》、埃斯库罗斯的《被缚的普罗米修斯》和陀思妥耶夫斯基的《卡拉马佐夫兄弟》等剧作。后来,他正式改编并留有剧本的戏剧有拉里维(Larivey)的《闹鬼》、布扎蒂(Buzzati)的《医院风波》、洛佩·德·维加的《奥尔梅多骑士》、卡尔德隆的《信奉十字架》、福克纳的《修女安魂曲》、陀思妥耶夫斯基的《群魔》等。

加缪的记者、编辑生涯很值得一提：二战期间，德军侵法后，他参加了反对纳粹德国入侵的地下抵抗运动，在法国负责《战斗报》的编辑工作。到 1944 年 8 月，他已经成为了该报的主编。战后，加缪继续为那些解放斗争中的被剥夺者和牺牲者的利益而积极活动。1956 年，他曾向伊斯兰教徒发出号召，要求他们在阿尔及利亚停火。1957 年，他与库斯勒（Koestler）一起发表了《关于死刑的思考》，主张彻底废除死刑制度。

记者、编辑工作之余，他写散文和小说，当然，他也没有忘记他喜爱的戏剧活动：他不但写剧本，改编剧本，而且还导演和演出戏剧。

1957 年 10 月 17 日，加缪获得了诺贝尔文学奖，瑞典皇家学院的颁奖理由是"他的重要文学创作以明澈的认真态度阐明了我们当代人的良心所面临的问题"。加缪是第十位获得诺贝尔文学奖的法语作家，也是其中最年轻的。曾于 1952 年获得此奖的前辈作家弗朗索瓦·莫里亚克排除了前嫌，给予加缪以中肯的评价："这位风华正茂的年轻人,是青年一代最崇拜的导师之一,他为青年一代所提出的问题提供了答案,他问心无愧。"

获奖后,加缪在斯德哥尔摩先后有过两次演讲。在演讲中,他表示这个奖应该归功于他的小学老师路易·热尔曼。

两年多后,加缪出车祸死亡,那是在1960年1月4日,加缪乘坐出版人米歇尔·伽里玛的一辆跑车离开卢尔马兰(Lourmarin)前往巴黎,结果在六号国道上发生了一场车祸,坐在后座上的加缪当即就被夺走了生命,出事地点在蒙特罗附近的维尔勃勒凡(Villeblevin)。当加缪的第二任妻子芙兰辛娜·福尔(Francine Faure)赶到维尔勃勒凡的镇公所,看到停放在那里的加缪尸体时,她不由自主地想到了小说《局外人》开篇发生在马朗戈养老院中的故事情景。

警方在出事汽车的残骸中发现了一份144页的未完成的小说手稿,这就是《第一个人》(*Le Premier Homme*,似乎也可以翻译为《第一个男人》),而小说的主人公是一个叫雅克的小学教员。1994年,《第一个人》终于在巴黎出版①,读者这才发现,雅克的原型就是路易·热尔曼。可以说,《第一个人》在很大程度上具有自传成分。小说出版时,出版者甚至把师生之间的两封信作为附录印在小说之后。

我倒是建议,对加缪的生平有兴趣的读者,不妨好好地读一读这一部《第一个人》,读者应该能发现,加缪的文学才能是什么时候,靠什么机遇萌芽的。

在悼念加缪的种种文章中,被一些人认为是加缪"假朋友"的萨特的这一段悼词,兴许是最感人的:"他以那种固执的、既狭隘又纯洁的、既严峻又热情的人道主义,向这个时代种种巨大的、畸形的事件展开胜负难卜的战斗。但是反过来,他以自己始终如一的拒绝,在我们时代的中心,针对马基雅维利主义和拜金的现实主义,再次肯定了道德事实的存在。"

---

① 法国 1994 年出版《第一个人》后,笔者曾根据法国《读书》杂志上所载的片段翻译了一段,并对小说作了介绍,结果被人认为我是曾翻译加缪的译者。记得后来,作家刘震云每次见到我都说,余老师翻译的加缪如何如何。

2 荒诞之人之荒诞处境

导读《局外人》

这是一个为真实而死的人的故事,
尽管他没有一点英雄态度。

小说情节

小说《局外人》以第一人称叙述的视角写成。主人公就是"我","我"叫默尔索。

小说又可分为两部分,第一部分讲默尔索如何稀里糊涂地参加母亲的葬礼,后来又如何庸庸碌碌地过他的日常生活,最后,又如何稀里糊涂地杀死了一个人。

这天,默尔索收到母亲所在养老院的电报,告诉他母亲去世的消息。他便向老板请假两天前去奔丧,为母亲守灵,并参加第二天举行的葬礼。默尔索几乎是麻木地参与了与母亲丧葬相关的一切活动:在母亲的遗体前守了整整一夜的灵，参加了送葬的过程，一直到墓地，等等。因为天气炎热，脑子基本都不转了，一切都进行得稀里糊涂。回来后正好是星期六，天气炎热，默尔索便去海湾游泳，巧遇以往的女同事玛丽·卡朵娜，两人遂在海滩上玩耍，晚上又同去电影院看了一部喜剧电影，之后默尔索带玛丽回他自己的住所共度良宵。

默尔索有个邻居叫雷蒙，他跟情妇发生了争执，被她的弟弟打了一顿。于是，雷蒙请默尔索代笔写信把她臭骂一通，默尔索居然同意了，结果，雷蒙还打了一通他的情妇，此事惊动了警察与邻居。

又过了一星期，雷蒙请默尔索与玛丽一起出去玩，但遭到了雷蒙原先情妇的弟弟的跟踪，此人与一帮阿拉伯人要找他们的茬。他们在另一个住在海滨的朋友马松家吃完饭之后又在海滩遭遇了那帮阿拉伯人，结果发生了冲突，雷蒙被阿拉伯人用刀刺伤。当初并没有参与争斗的默尔索为阻止雷蒙枪杀对方，拿走了他的手枪，并把他带回了马松家的棚屋。但后来不知怎么的，可能是天气炎热的缘故，默尔索鬼使神差地带上了雷蒙的枪，去海滩一带散步，不料却遇到了雷蒙的死敌，结果，在烈日的暴晒下，昏头昏脑的他不由自主地朝那个阿拉伯人开了一枪，然后，又是连开四枪……

小说的第二部分，讲述默尔索杀人案件的审理与审判，以及默尔索自己在狱中的所思所想。

杀人的枪声敲开了默尔索不幸命运的大门，他被捕入狱。案子的审理拖了整整十一个月，拖得他十分疲沓，时间对他也没有了任何意义。默尔索先是与预审法官、律师打了几次莫名其妙的交道，然后又经历了莫名其妙的审判，检察官断定默尔索在精神上杀死了自己的母亲，而默尔索为自己辩护也毫无章法，他只是一味地说自己并没有杀死那个阿拉伯人的意图，开枪的直接原因是太阳光。最后，法官更是糊里糊涂地"以人民的名义"判定默尔索死罪，要把他送上断头台。

默尔索在狱中经历了一番思想斗争，最终拒绝了神甫的劝导，决定平静地走向死亡。临死前，他的心里闪过一丝重新生活的意愿。想到受刑时会有人围观并对他发出咒骂，他感觉自己并不孤单。

由作品的故事情节而进入总结性的点题，这大概是我们普通读者读一部文学作品的做法。其实，批评家、出版人、文学教授们也大多是这样做的。

在此，我们不妨全文摘录一下当年伽里玛出版社的审稿人让·波扬（Jean Paulhan，又译波朗）对《局外人》的正式审读报告（不过，请注意，在此人代表出版社写出正式的审读意见之前，一些批评家、作家、出版人就已经向作者加缪提出了他们自己的修改意见）：

默尔索先生得知母亲去世的消息；此前他母亲住在一家老人院。他有些难过（显然稍显克制）；他去了老人院，出席了葬礼，又返回阿尔及尔。第二天他遇到玛丽（确切地说是重逢），并在当天晚上，与她欣赏了费南代尔的喜剧电影之后，跟她上了床。

默尔索认识了一位邻居——此人似乎是个皮条客——并帮他写了一封信,主要目的是设计暗算他的情妇。计策施行后,情妇的兄弟要替她复仇,打伤了皮条客。稍后,默尔索在认为自己受到威胁的情况下,未经思索地枪杀了情妇的兄弟(他是个阿拉伯人)。

默尔索被起诉。公诉人认为默尔索缺乏人性(对母亲的死显得漫不经心),并判其死刑。

从某些方面说,默尔索确实有不近人情的一面(这也是书名的用意)。比如,他以同样令人费解的漫不经心接受生死、爱情、社会习俗,以及其他一切,从未表现任何立场。

这本多多少少讲述"默尔索因为在母亲死后第二天就去看电影而被判处死刑"的小说非常可信——假如这还不够的话,它令人着迷,这就足够了。这是一部一流的小说,开头令人想到萨特,而结尾像是杜特雷尔,我们毫不迟疑地接受。①

---

① 转引自:爱丽丝·卡普兰,《寻找〈局外人〉:加缪与一部文学经典的命运》,琴岗译,新星出版社,2020年。

点题：荒诞

如前所说，法国批评界普遍认为，"荒诞"是加缪作品所体现的主要哲学思想之一。

《局外人》就是体现这一"荒诞"的代表作。

贝尔纳·皮沃出面介绍，皮埃尔·蓬塞纳主编的《理想藏书》把《局外人》推荐为"法国小说"类别中最理想的前十本藏书之列。其推荐词这样说："你进入某个阿尔及利亚白人的头脑里。你杀了一个阿拉伯人。你被捕进了监狱。你被判了死刑。小说情节简单得如一帧工业绘图。人物以第一人称叙述，但直到最后，他的面目仍模糊不清。可说是第一部也是唯一一部存在主义小说。"

我记得，萨特曾就《局外人》说过这样的一句话："无所谓善恶，无所谓道德不道德，这种范畴对他不适用。作者为主角保留了'荒谬'这个词，也就是说，主角属于极为特殊的类型。"此言诚矣。

萨特特地写了《〈局外人〉阐释》（1943）一文，高度评价《局外人》说:"《局外人》是一部经典著作,一部有序的作品,是关于荒诞和反抗荒诞的作品。"总结得可谓十分到位。

主要人物分析

我,即默尔索(Meursault)

由于小说《局外人》是以第一人称写成,实际上,作为叙述人的默尔索几乎就是小说的唯一主要人物。

默尔索是阿尔及尔一家公司的普通职员,每天的工作非常单调,无非是上班下班,家里的生活也没有什么意义,没有女朋友的时候,休息日里,他会待在自家的阳台上消磨整整一个下午。

他是个对世界上的一切都觉得无所谓的人。他接到养老院关于他母亲病故的电报后,从容赶去,平静地(几乎被人认定为冷血地)参加了母亲的葬礼,然后他又继续自己无意义的日常生活。

他根本就不认识被他打死的那个人,他只是在强烈的阳光照耀下莫名其妙地神经质发作,用雷蒙的手枪打死了这个正好也在海滩上的阿拉伯人。

同样,默尔索在监狱中的生活就更为单调了,不过,他倒是很快就习惯了监狱中的生活,习惯了没有女人、没有香烟的囚徒日子。每天,他都是靠着回忆、睡觉、看报来打发时间度过的。在庭审中,他从头到尾似乎都被司法机构搁置在了一旁,所有的法律人都在法庭上谈论他,但并不征询他的意见,就这样,他的命运在没有他参与的情况下被定了,他终于成为了一个地地道道的局外人。

在生命的最后时刻,他拒绝了神甫的劝导,甚至大骂着赶走了神甫,于一种心灵的平静之中,认真思考了生命的意义。而在就刑的前夜,他更是坚定了自己的想法:"希望处决我的那一天有很多人来观看,希望他们对我报以仇恨的喊叫声。"

顺便强调一下,默尔索这个名字在法语中写为 Meursault,其中的词根 meur 有"谋杀"的意思,其写法与发音跟动词

"死"的某些变位形式（je meurs 或 il meurt）相同；而 sault 的发音则让人想到了"一跃"（saut），似乎这个人物生来就是为了"向着死一跃而去"。一些批评家也从"Meursault"一词中发现了与"mer"（大海）、"mère"（母亲）、"sol"（太阳）相近的意义。

这几层意思，应该都是作者加缪为这个人物特地设计好了的。

雷蒙·森泰斯（Raymond Sintès）

雷蒙是默尔索的邻居，他发现跟自己同居的情妇居然背叛了他，就把她给打跑了，后来又请默尔索代他写信，把她给找回来，可是等到情妇回来之后，他却又打了她，直到警察前来阻止了他们的争吵。后来，因为那同居女人的弟弟存心找茬，雷蒙对他总是有些提防。不料，对此几乎就不太了解情况的默尔索在某种"不可控制"的情境中，把那个女人的弟弟打死了。

雷蒙只是主人公默尔索的一个普通邻居，在默尔索的日常生活中可有可无，在他的精神生活中更是没有任何地位，尽管，在默尔索的杀人案中，雷蒙是所谓杀人原因之长链中一个关键的"链扣"。

雷蒙把默尔索看作朋友，而默尔索对于做不做雷蒙朋友这件事，反倒是无所谓的。雷蒙打自己的情妇，惊动了左邻右舍，还有警察，他便要默尔索在警察局传讯他的时候为他作个证，默尔索居然欣然同意。但是当雷蒙邀他去逛妓院的时候，他却很干脆地表示拒绝。

后来，雷蒙的敌手（情妇的弟弟）被默尔索莫名其妙地打死了。但是，默尔索开枪打死这个阿拉伯人，却根本就不是为了雷蒙这个所谓的邻居或所谓的朋友。那是因为阳光太刺眼……

萨拉玛诺（Salamano）

萨拉玛诺是默尔索的另一个邻居，他对默尔索来说亦可有可无；而默尔索对于他，也几乎同样地可有可无。

八年来，这个老萨拉玛诺总是牵着他的狗。人们看见他们总是厮守在一起，可以说，他与这条狗相依为命。他俩挤在一间小屋子里，久而久之，老萨拉玛诺跟它彼此间也越来越像了。他们好像是同类，因为这条西班牙种猎犬生了一种皮肤病，应该是丹毒，"毛都快掉光了，浑身是硬皮和褐色的痂"。而萨拉玛诺的脸上也"长了些发红的硬痂，头上是稀疏的黄毛"。再说那狗的举止，它居然跟它的主人学了一种弯腰驼背的走相，噘着嘴，伸着脖子。表面上，萨拉玛诺总是在骂狗，骂它"混蛋！""脏货！"实际上，他却非常依赖对方。一天，外出时，他把狗给弄丢了，顿时显得有些魂不守舍，一心只想着把它给找回来，但是，当默尔索告诉他说，应该去失物待领处看看，付点钱就可领回来，他又有些担心会花很多钱而最终还是办不成事，于是发起火来："为这个脏货花钱！啊！它还是死了吧！"接着，又开始骂起它来。不过，后来，默尔索在晚上还是听见"透过墙壁传来一阵奇怪的响声"，原来是老萨拉玛诺一个人在家中为丢失的狗而哭呢。

　　在一个荒诞的世界上，人与狗的关系恐怕要强过人与人的关系。这一荒诞性，无论从理论上还是实际上，都是当今现代社会的"荒诞之人之荒诞处境"的一种写照。也怪不得，当默尔索听到这一哭声时，会情不自禁地突然想起了自己刚刚死去的母亲。

后来，有评论家和作家暗示，萨拉玛诺并不比他的狗更像一个小说人物。此话有理。

律师（l'avocat）、预审法官（le juge d'instruction）、检察官（le procureur）、主审法官（le juge）

律师是社会司法系统中的一分子，但他在这部小说《局外人》中没有姓名。在办理默尔索的案子时，鉴于自己的律师身份，他自然有意地引导当事人在法庭上按照他指示的那样去说，毕竟，那样会对当事人有利。但默尔索却拒绝当庭说一些假惺惺的话，弄得律师也十分尴尬，最后，他无可奈何地走了。

预审法官也是社会司法系统中的一分子，在小说中也没有姓名。他对默尔索所谓"犯罪动机"的调查则集中在后者对母亲的感情问题上，并劝说他向上帝悔过，但默尔索却称自己根本就不相信上帝，这让预审法官感到此人根本就不可理喻。

作为公诉人的检察官和主审法官也都一样没有姓名。在庭审时，主审法官问默尔索的都是关于他母亲的问题，从证人提供的证词中，他所了解到的事实就是，默尔索"在母亲安葬时没有流泪"，守灵时，他"拒绝再最后看一眼母亲的遗容"，而且当时还"抽了烟，喝了加奶的咖啡"。检察官所宣布的起诉罪名是，"我控诉这个人以一颗罪人的心埋葬了母亲"。

可以说，在小说中，代表了社会法律系统链条的律师、预审法官、检察官、主审法官都是路人，只有甲乙丙丁之分，对默尔索来说，他们的存在跟他似乎并没有什么关系。

检察官和法官是根据默尔索出席母亲葬礼没有流泪，服丧期内还找女友寻欢作乐等事实，认定他毫无人性，才判了他的死刑，而默尔索则对死亡也觉得无所谓，他对一切抱定无所谓的态度,使得一切传统价值在他的沉默面前崩溃。

神甫(l'aumônier)

《局外人》全书共两部十一章,篇幅本来就不长,这个无姓无名的神甫只是在最后一章的后半才出场,有关他与默尔索在死囚牢房中对话交流的场景,只占了全书百分之六的篇幅。

默尔索在被判处死刑之后,在自己生命的最后日子里,曾经三次拒绝见神甫,最后,在放弃了上诉机会后,又拒绝了他一次,但神甫还是坚持来到了他的囚室。

神甫这个人物,是社会硬塞给主人公的一个精神救赎的象征,与律师、预审法官、检察官、主审法官所代表的社会的法律系统不一样,神甫所代表的,是社会中的传统宗教精神体系。

平心而论,我们应该说,这位神甫是很有仁慈之心的,他不怕自己再三被拒,坚持在默尔索生命的最后时刻来见他，而且是带着某种真挚的情感来劝导他的。只是他不知道默尔索拒绝他的理由：

"您为什么拒绝接待我？"我回答说我不信上帝。①

神甫并不灰心，继续劝说他："人类的正义不算什么，上帝的正义才是一切。"但默尔索根本就不听，说："我不知道什么是罪孽。人家只告诉我我是个犯人。我是个犯人，我就付出代价，除此之外，不能再对我要求更多的东西了。"这明摆着，神甫所说的话，根本就进不了默尔索的耳朵。即便可以见面，可以对话，但对神甫的观点，默尔索始终抱定了一种坚定的拒绝。

默尔索再三再四地拒绝神甫这一事实，说明他只是在想着导致他被判死刑的无情的社会法律机制，而拒绝回归

---

① 本书所引加缪小说《局外人》的引语，除有特别说明之外，均采用郭宏安先生的译文。版本为《加缪中短篇小说集》，外国文学出版社，1985年。

社会的主导精神体系。

结果，默尔索揪住了神甫长袍的领子，对他是一通大骂。痛快淋漓地赶走了神甫之后，默尔索才慢慢地恢复了平静。

次要人物分析

玛丽·卡朵娜（Marie Cardona）

玛丽·卡朵娜是默尔索的情人，她跟他的关系主要是肉体关系，当然，她也曾提出来过，要跟默尔索结婚，但默尔索对她的回答是"无所谓"，默尔索被捕后，她也曾前去探监。在法庭上，她也作为证人向司法机构证明了默尔索在出席其母亲的葬礼后就跟她发生了肉体关系。

在默尔索和其他男性人物的眼中，她是人类爱情的朦胧渺茫的象征，当然，她还是主人公倾听和诉说的对象。对她的形象描写，我们当然还可说上几句，但对她的性格分析，则可以完全略去不谈。

塞莱斯特（Céleste）

塞莱斯特是餐馆老板，也是默尔索的朋友，他在小说的第一页就出现了，但始终是一个路人甲，故而我们在此也略去对他的分析。

马松（Masson）

马松是默尔索的朋友雷蒙的朋友，他与默尔索只见过一面，就是在发生杀人案的那一天，默尔索和雷蒙去的是他家。从故事情节关系来说，他是杀人案链条上的一个环节，但从人物性格关系上来说，他只是一个路人，故略去。

养老院院长（le directeur）、老板（le patron）贝莱兹（Thomas Pérez）

至于养老院院长、妈妈的"男朋友"贝莱兹先生、默尔索的办公室的老板，更是小说中的次要人物，作者加缪设置他们在故事情节之中，只是为了对默尔索的生活与思想构成某种见证（在法庭的审判中，他们也确实作为证人一一出场，为司法机构证明了默尔索的道德行为的所谓"不道德"）。

死者（le mort）

在加缪的这部《局外人》中，死者是无名的。

在小说中，他似乎就是一个道具，但他作为"真相"的道具，必不可少。

在这里，我们不妨跳出一下加缪的这一部《局外人》，稍稍提一下近年来的另一本书——《默尔索案调查》（*Meursault，contre-enquête*），该小说出版于 2013 年，是由阿尔及利亚法语作家卡迈勒·达乌德（Kamel Daoud）写的。

这本小说提到了在加缪的《局外人》中出现过的，但几乎没有任何描写的无名人物，即那个被主人公默尔索杀死了的阿拉伯人。

今天的读者都知道，在《局外人》中，法国白人"黑脚杆"默尔索杀死了一个阿拉伯人，最终被判死刑。但死者到底叫什么名字，是个什么样的人，加缪根本就没有交代，我们只知道他是默尔索的邻居雷蒙的旧情人的弟弟。

而作家卡迈勒·达乌德则以被害者的弟弟的名义，引导着读者，把注意力转到了被害者的身上，"一个生命转瞬即逝的阿拉伯人，只活了两个小时，而在他死后、入土之后，时间毫不间断地过去了七十年"①。本来没有姓名的被害者，在作家达乌德的笔下，第一次有了名字，有了形象，他叫"穆萨"，整整几十年来，他的妈妈和弟弟都还记得他，还在搜寻着种种证据，还保留着他生活的一丝丝踪迹。

死者的弟弟在小说中发出了他的呐喊，他所不能理解的现象是："为什么法庭宁愿去审理一个在自己母亲葬礼上没有哭的人，而不愿去审理一个杀死阿拉伯人的人呢？"按照作者的评判，加缪的人物默尔索"这位'鲁滨逊'想要通过杀死他的'礼拜五'来改变自己的命运，却发觉自

---

① 对《默尔索案调查》一书的引语，均采用刘天爽的译文，人民文学出版社，2017年。

己被困在了一座岛上"。而《默尔索案调查》的作者要做的，就是对经典作品《局外人》的反写。

小说获得了2015年龚古尔小说处女作奖，评委雷吉斯·德布雷在颁奖词中这样评价该小说："我认为，您是加缪所称那种反抗的人的典型。您把《局外人》输回到你们的文化中，您让加缪完全成为一个本地人……而我们，则把您的阿尔及利亚调查输回到我们的文学宝库里。"

这一"输回"现象，不禁使我想起了法国作家米歇尔·图尼埃的那本《礼拜五或太平洋上的灵薄狱》，那部小说获得了1967年的法兰西学术院小说大奖，它反写了英国作家丹尼尔·笛福的《鲁滨逊漂流记》，是对已有经典的一种"颠覆"。他的写法是，野蛮人礼拜五用自己的文化影响了文明人鲁滨逊，使他最终拒绝离开小岛返回欧洲文明社会，而与大自然和谐共处。

读一下那一本《默尔索案调查》，应该是一件有意思的事。谁都知道，加缪的《局外人》的第一句话是："今天，妈妈死了。"而这一本《默尔索案调查》的第一句话却是:"今天,妈妈还活着。"

有兴趣的读者,读一读这部小说,说不定会对加缪小说中的荒诞人生产生另外一种感觉。

主题:世界的荒诞

荒诞,一方面是世界的荒诞,人存在于世的整个环境的荒诞,人生本来的荒诞;另一方面,也是人对世界反应的荒诞,人的言行举止的荒诞。

加缪意识到人生的荒诞,但他又认为,人是自由自在地生活在这一不可挽回的命运中的,人应该尽情地享受大地上的欢乐,哪怕冒险,为自己犯的错误带来的后果付出代价。

在《局外人》中,默尔索就是加缪这一思想的代表。

如果我们从几个人物与主人公默尔索的关系来看,这种荒诞是十分明显的。

律师本来是想为当事人默尔索争取一些利益的,于是，就从一些"人之常情"来启发默尔索，谁想到，默尔索所说的完全是另外一套，为他所不理解，更无法用来作为辩护的理由。

> 预审推事们知道了我在妈妈下葬的那天"表现得麻木不仁"。我的律师对我说："您知道，我有点不好意思问您这些事。但这很重要。假使我无言以对的话，这将成为起诉的一条重要的根据。"他要我帮助他。他问我那一天是否感到难过，这个问题使我十分惊讶，我觉得要是我提这个问题的话，我会很为难的。不过，我回答他说我有点失去了回想的习惯，我很难向他提供情况。毫无疑问，我很爱妈妈，但是这不说明任何问题。所有健康的人都或多或少盼望过他们所爱的人死去。说到这儿，律师打断了我，显得激动不安。他要我保证不在庭上说这句话，也不在预审法官那儿说。

很明显，律师依据的是"道德审判"，而不是"无罪推定",其行为,在众人看来是有理的,但在默尔索看来很没有道理,这是一种"荒诞"。反过来,默尔索对律师的回答,又让律师觉得不解,觉得此人几乎就是此案件中的一个"局外之人"。因为众人(律师也好,预审法官也好)是在按照一套道德逻辑来判定他,他却置身在了这一逻辑之外。

主人公默尔索与预审法官的关系也是如此。预审法官问默尔索当时在海滩上"是不是连续开了五枪",默尔索回答是"先开了一枪,几秒钟之后,又开了四枪"。在预审法官看来,"连续开了五枪"与"先开了一枪"之后"又开了四枪"是大有区别的。他认为,默尔索的供词中,"只有一点不清楚,那就是等了一下才开第二枪这一事实"。据此,预审法官认为,默尔索是不信上帝的无可救药之辈,因为,即便是一个普通罪犯,面对上帝的时候,也是会服罪的。不等默尔索作出内心中连自己都觉得很不怎么像样的解释——"阳光火爆的海滩""炙烤着我额头的太阳",预审法官就说:"我从未见过您这样顽固的灵魂。来到我面前的罪犯看到这个受苦受难的形象，没有不痛哭流涕的。"在他看来，默尔索绝不是一个失手杀死人的罪犯，而是一个"反基督"，因为他竟然朝已经死了的人身上又开了四枪。

而检察官与默尔索的关系，也是这样一种荒诞关系：按照检察官的逻辑，默尔索被定罪的理由不是他杀了人，而是他对母亲的冷漠态度，检察官断然认定，他在精神上杀死了自己的母亲。

即便到了主人公被判处了死刑，要去接受"砍脑袋"这一事实时，他所处的情境，他所想到的情景，仍然是荒诞满满。默尔索想到了断头台，而断头台对一个死囚犯来说，是一种荒诞的"确凿"。他甚至想到，万一断头台失灵，脑袋没有一下子砍下来，那就得重来。"因此，令人烦恼的是，受刑的人得希望机器运转可靠。"

书中还有一个细节的描写，很值得分析一下：默尔索曾经长时间地以为，死囚上断头台时，是要一级一级地爬到架子上去的。在他想来，登上断头台，仿佛升天一样庄严。但后来才知道，实际上，这庞大的杀人机器就放在平地上，人走到它跟前，就跟碰到另外一个人一样，再简单也没有了。结果，一个人也就是被一架机器悄悄地处死，并不会引起他人的注意，这让他觉得稍稍有点丢脸面。

想庄严地死去都不可能，这世界也真是够荒诞的！

小说中，给人很深印象的还有主人公默尔索的几句口头禅，首先就是这一句："怎么都行"。

这一句口头禅，法语的原文是"ça m'était égal"，郭宏安先生译为"怎么都行"或"怎么样都行"。柳鸣九先生在几处分别译为"都可以"与"可有可无"。我们同样也可以把它翻译为"我都不在乎"或"我都无所谓"。

邻居雷蒙把自己与情妇的事情告诉了默尔索，并就此向他讨主意，因为雷蒙觉得他有生活经验，能够帮助他。当时，默尔索什么都没说。而当雷蒙进一步问他愿不愿意做他的朋友，大家伙儿因此也能够互相帮个忙什么的，这时，默尔索的回答是："怎么都行"（我更愿意译为"无所谓"）。

后来，当默尔索帮雷蒙写了信，把被雷蒙打跑了的情妇重又劝说了回来时，雷蒙对他表示了感谢，但他却是那么地漫不经心，甚至，他根本就没有发觉到，雷蒙已经不用"您"而改用"你"来称呼他了。只是雷蒙又对他说："你现在是我真正的朋友了。"这时，他才稍稍感到惊奇。等雷蒙又说了一遍这句话时，他才回应说："对。"而他在心底里却想，做不做雷蒙的朋友，"怎么都行"（我想译为"无所谓"）。

当老板对默尔索说，他想在巴黎设一个办事处，以便能直接在巴黎与一些大公司做买卖，并问默尔索能不能去那里工作，这样，他就能在巴黎生活，而且一年当中还可以旅行旅行。老板以为，默尔索是年轻人，应该会喜欢这样的生活的，却不料，默尔索回答的还是这么一句："怎么样都行。"（同样，我更愿意翻译为"无所谓"）

晚上，玛丽来找默尔索，问他愿不愿意跟她结婚。他的回答依然还是："怎么样都行。"（还是译为"无所谓"的好）这一段小说是这样描写的：

我说怎么样都行,如果她愿意,我们可以结。于是,她想知道我是否爱她。我说我已经说过一次了,这种话毫无意义,如果一定要说的话,我大概是不爱她。她说:"那为什么又娶我呢?"我跟她说这无关紧要,如果她想,我们可以结婚。

可见,对人生中的大事,无论是对工作,还是对婚姻,默尔索都抱定了一种无所谓的态度。这一句"怎么样都行"或"无所谓",应该可以被称为现代社会的荒诞人对待同样荒诞的生活的一声"宣言"了吧!

另外,小说中还有一句"口头禅"也很有名,那就是"我不知道",法语就是"je ne sais pas"。

例如,小说的开头:"今天,妈妈死了。也许是昨天,我不知道。"

又例如,默尔索去为母亲守灵时,门房当时对他说:"我不陪你了。"而默尔索的反应却是:"我不知道我做了个什么表示",门房没有走。

又例如,同样,在守灵时,默尔索跟其他守灵者都喝了门房端来的咖啡。而后来的事,默尔索承认:"我就不知道了。"

又例如,前去参加葬礼的路上,空中阳光灿烂,地上也感到了热气的压迫,"我不知道为什么要等那么久才走"。

又例如,听到邻居萨拉玛诺为丢了狗而哭泣,"我不知道为什么忽然想起了妈妈"。

又例如,邻居萨拉玛诺跟默尔索谈到了他的妈妈,说有些邻居对默尔索有不太好的看法,因为他把自己的母亲送进了养老院。萨拉玛诺又说他其实知道默尔索是很爱妈妈的。这时候默尔索回答说:"我还不知道为什么,我也不知道在这方面他们对我的看法不好。"

例子还有很多……

除了自己说的"不知道",还有别人说的"他不知道"。

就在法庭的一次开庭调查时,检方问证人问题时,叫上来了默尔索母亲所在的那家养老院的院长。院长说默尔索在母亲葬礼上态度冷漠,既不想看母亲的遗容,也没有哭过,让他觉得费解。他还转述了殡仪馆的一个工作人员说默尔索甚至"不知道妈妈的年龄"。

应该说,默尔索确实是"不知道",因为他根本就不想去知道,他对知道还是不知道抱着无所谓的态度。于是,有些明明是知道的事情,也被他当作了不知道。当然,原本就不知道的,就更不知道了。

可以说,"我不知道"几乎等同于"我不想知道"。

这里的逻辑公式是:我不愿意知道,故,我就不知道我到底知不知道。

当然,默尔索也有"知道"的时候。还是那一次法庭开庭调查,默尔索进入人满为患的法庭庭审大厅,坐到被告席上,两名法警一边一个。接着小说描写道:"这时,我看见我面前有一排面孔,都在望着我,我明白了,这是陪审员。但我说不出来这些面孔彼此间有什么区别。我只有一个印象,仿佛我在电车上,对面一排座位上的旅客盯着新上来的人,想发现有什么可笑的地方。"

仔细阅读之下，读者会注意到：此时此刻的"我"真的有"明白"的地方，即那是陪审员，但"我"也有"说不出来"的地方，即那些面孔彼此间究竟有什么区别。

接着，小说中特别提到："我知道这种想法很荒唐（Je sais bien que c'était une idée niaise），因为这里他们要找的不是可笑之处，而是罪恶。不过，区别并不大，反正我是这样想的。"很清楚，默尔索有"知道"的地方，但他"知道"的对象，恰恰是"荒诞"。

题解：何谓"局外人"

所谓"局外人"，在法语中叫"étranger"，它作为一个名词，同时也是形容词，其意思是：

1. d'un autre pays ou d'autres pays，qui appartient à un autre univers social：外国的（人），他乡的（人）；

2. qui ne fait pas partie d'un cadre familier ou préétabli：一个熟悉的、既定的范围以外的（人），被视同外人的

2 荒诞之人之荒诞处境

（人），局外之人；

3. qui n'est pas connu, qui est inconnu：陌生的（人），外行，无关的（人），不相干的（人），异类的（人）。

默尔索正是这样的一个局外人。

默尔索的母亲死了，他接到电报通知赶去养老院参加守灵和葬礼，但自始至终，他都是一个旁观者，是个局外人。

默尔索杀了人，但他似乎又是糊里糊涂地杀的人，在整个犯罪行为中，他似乎是个局外人。

默尔索的案件开始了庭审调查。律师告诉他不要多说话，只要按照他们之间说定的那样来说就行了，其余的就由律师来处理，这样，默尔索开始成了自己案件的局外人。

在法庭上，默尔索看到的一切都是那么地怪异，"巨大的电扇依旧搅动着大厅里沉浊的空气，陪审员们手里五颜六色的小扇子都朝着一个方向摇动"，面对着那一切，他自己"已经由于炎热和惊讶而昏头昏脑了",自己成了局外人。

我们说过,整篇小说中,貌似合理而实则荒诞的例子比比皆是,其中,默尔索杀人案中,检方与辩方之间的较量,以及法庭上听众的反应,大概是最能说明其中的"怪异"的。而在这一切之外,最让人纳闷的,恐怕还是主人公默尔索即被告本身的精神"缺席"了。

请看那一天的法庭辩论:对证人的调查一开始,检察官就问玛丽,她跟默尔索有没有情人关系,是什么时候跟他发生肉体关系的,当她说出那个日期时,检察官就假装漠不关心地指出,"那似乎是妈妈死后的第二天"。接着,他又问玛丽,那一天她跟默尔索去看的是什么电影,她则嗓音都变了样地说,那是一部费南代尔的片子。

中国的读者可能不一定知道费南代尔何许人也,但法语的读者一听到这个名字,应该就会会心一笑。众所周知,费南代尔(Fernandel)是当时法国极为火爆的喜剧明星。所以,她一说完这句话,大厅里顿时"鸦雀无声"。

读者应该知道，此时无声胜有声。

紧接着，检察官一字一顿地作出了他的道德判断——一种与犯罪证据的认定并无关系却又似乎有本质上的内在关联的判断——"陪审员先生们，这个人在他母亲死去的第二天，就去游泳，就开始搞不正当的关系，就去看滑稽影片开怀大笑。至于别的，我就用不着多说了。"听到这一判词，大厅里还是一片寂静。最终，检察官又说了这样的一番判词："还是这个人，他在母亲死后的第二天就去干最荒淫无耻的勾当，为了了结一桩卑鄙的桃色事件就去随随便便地杀人！"

面对着检方步步紧逼的道德审判，颇有些理屈词穷的辩方代理人嚷嚷着反问道："说来说去，他被控埋了母亲还是被控杀了人？"应该说，辩护律师的辩护与检察官的指控一样，都有些滑稽可笑，可是听众的反应，这一次就不一样了，听众立即爆发出一阵哄堂大笑。对辩护律师的这一句大实话，检察官继续得意洋洋地引导法官与听众去注意"埋葬母亲"与"杀人"两者之间某种更为深刻的内在关系:"是的,我控告这个人怀着一颗杀人犯的心埋葬了一位母亲。"

检方与辩方一刀一枪地来回厮杀,听众则是一会儿"一片寂静",一会儿又"一阵大笑"。那么,这时候,默尔索在做什么呢?他什么都没有做,也什么都没有说,他的话语"缺席"了,在控方与辩方之外,在法官与听众之外,他只是一个旁观者,也即局外人。他是真正的"étranger"!

小说这样描写默尔索这个本来应该位于庭审聚焦中心的被告:他心中有些不安,偶尔,他也想参与进去说几句,但他的律师一再警告他别那样,不说话才对他有利。"他们好像在处理这宗案子时把我撇在一边。一切都在没有我的干预下进行着。我的命运被决定,而根本不征求我的意见。"

巧的是,在上文提及的那部"反经典"小说《默尔索案调查》中,主人公代表他们那些阿拉伯人发声,认定杀人者默尔索是个"外乡人":"我们对凶手一无所知。他是'外乡人',在阿拉伯语中叫欧洲佬(el-roumi)。"

记得，台湾出版的 *L'Étranger* 最早的译本，题目也是叫《异乡人》的。我应该没有记错。

但是，"局外人"应该还有另外一种解释，"他"是一种不甘心与社会主流同流合污的人。

加缪自己为 1955 年在美国出版的《局外人》所写的序言中的一段话，似乎可以被看作是对《局外人》这部作品，也是对"局外人"这个词的最好总结：

> 很久以前，我曾经用一句话——我必须承认，这句话本身就是一个很大的悖论——来总结《局外人》：在我们的社会里，一个人在母亲葬礼上没有哭，他就会有被判死刑的危险。我想说的只是书中的主人公之所以被判死刑，仅仅因为他没有参与游戏。从这个意义上来说，他是他所生活的这个社会的局外人，他在流浪，在边缘，在私人生活之镇上，独自一人，只听从身体的需要。正因为如此，读者一度将他看成一个边缘人。不过，如果我们能够想一

想,默尔索究竟为什么不参与这个游戏,也许我们能够得到关于这个人物的更加明确的概念,更加能够符合作者原初的想法。答案很简单,他拒绝撒谎。[……]这样,我们再读这本《局外人》的时候,就不会弄错了,这是一个为真实而死的人的故事,尽管他没有一点英雄态度。

(袁筱一译)

说到《局外人》的英译本,一个现象非常有趣。在英国和美国,《局外人》的翻译出版几乎同时进行。英国的出版人是杰米·汉密尔顿,美国的出版人是阿尔弗兰德与布兰奇·科诺夫夫妇。他们选择的译者都是斯图尔特·吉尔伯特(Stuart Gilbert)。吉尔伯特译定的书名为 *The Stranger*。但后来(1946年初),英国出版人杰米·汉密尔顿给美国出版人写信说明:在最终的校样中,他们不得不把书名改为 *The Outsider*,因为,哈奇逊出版社新近出版的一部俄罗斯小说的书名就叫 *The Stranger*,为避免发生误会,他们不得不改了加缪这部小说译本的名称。但是,在纽约方面，出版人已经来不及把书名改为 *The Outsider* 了。从此，英语国家《局外人》的两个孪生版本——文本完全一样，但封面不同，书名不同——诞生了。之后，无论是谁重译《局外人》，在英国，都继续叫 *The Outsider*，在美国则仍然叫 *The Stranger*。

我们不妨设问一下，你认为，*L'Étranger* 翻译为英语后，书名究竟是用 *The Stranger* 好，还是 *The Outsider* 好呢？

文风

《局外人》的文风是简洁明快的①。从词语和句子中，可以读出冷（冷漠、冷峻、冷落）的语气，丰富的音乐性，有阿尔及利亚地方风情的色彩，有意象派一般的形象描绘，还有故事情节结构的对称性。

---

① 我曾在厦门大学为外文学院法语系的本科三年级学生开"法国文学选读"课，选了加缪的小说《局外人》。结果发现，从一开头到"母亲葬礼的结束"的部分，学生在阅读上根本就不存在太大的困难。

我们已经说过,小说一共分为两个部分,而我们现在要强调的是:这两个部分本身的结构以及彼此的照应也很完美。

第一部分展现了默尔索在这个世界上的生活。叙事为主,思考为辅。场景也经历了一个变化的过程。可说是日记体的叙事,但是又有些混乱:一开头说的是"今天",但一直写到了守灵的那夜及第二天的葬礼。实际上已经不分"今天"和"明天"了。到第一部分结束时,默尔索杀死了一个阿拉伯人,命运之神也敲响了他的丧钟,小说的故事情节也基本讲完了。

第二部分没有太多的场景变化,思考为主,叙事为辅,而叙事的节奏也随之一下子放慢了下来,有些类似于回忆录。我们不妨说,小说的第二部分,就是对发生在第一部分中的故事展开各种形式的论说、评价、佐证、判断。默尔索与预审法官、检察官、律师、神甫等人的见面,写尽了"局外人"默尔索与"局内人"法官、检察官、律师等对这个世界的不同认识。

整部小说虽然采用了第一人称叙述的方式，但观察与思考的视角还是相对"中立"的。

另外，说到《局外人》的文风，读者应该牢牢地记住一点：这里，我们指的是加缪用法语写的原始文本本来所具有的文风。而到了不同的译本中，这一文风势必会发生一点点莫名的变样，所以，依据译本来分析原著的文风，大概是站不住脚的。

当加缪读到《局外人》的英文版时，他发现，译本中有些东西不对劲："这里头有太多的引号，我保证，原版中没有这么多的引号。"

原来，英文译者吉尔伯特在翻译的时候，一有机会就把加缪的间接引语擅自改为直接引语。例如：原文中某处的"j'ai répondu que non"（"我回答说不"），在译本中变成了"I answered：'No.'"（"我回答说：'不。'"）①。这样的例子有很多很多，以至于不太会英语的加缪也发现了

---

① 例子取自《局外人》第一部第三章第五段末尾。郭宏安和柳鸣九的译文均是："我回答说不。"保留了间接引语的用法。

这一点。

而在我看来,这样简单的句子,这样有特色的处理,本是加缪故意所为的文风,根本就没有必要在译文中专门改一下。

正是在这一点上,我认为,这样的译本已经大大地改动了原著的文风:本来,加缪有意识地使用大量的"间接引语",来制造出人物"我"(默尔索)与读者之间的距离感,他是想剥夺与读者的"直接对话"的。而译者吉尔伯特故意加上引号后,便营造出了完全不同的氛围,让加缪的文风在英语读者面前丧失殆尽。

这样的例子数不胜数,在小说一开头,写到默尔索收到养老院的电报后,计划马上赶去为母亲送葬,作者的文字是这样的:

Je prendrai l'autobus à deux heures et j'arriverai dans l'après-midi.

如若让笔者来译，应该会译为："我会乘两点钟的公共汽车，下午就赶到。"① 而吉尔伯特的译文却是"With the two o'clock bus I should get there well before nightfall"（"坐两点钟的公共汽车去，我应该能在黄昏降临之前赶到那里"），短短一句话里，译本就增添了不少的内容，如"黄昏降临之前""那里"等等，纯属画蛇添足。

加缪本来的短句，故意写得支离破碎，而到了英译本中，却变成了一些完整的句子结构，还多此一举地写明了前因后果。其实，那些添加的成分，恰恰是作者想要尽量避免的东西。

另外，说到"荒诞"主题的状写，我们可以把加缪的文风与其他写"荒诞"的文学经典名著略作一个比较，这样，加缪的文笔特点应该会体现得更明显。

---

① 郭宏安的译文是："我乘两点钟的公共汽车，下午到，〔……〕"把句号改为了逗号。柳鸣九的译文为："我明天乘两点钟的公共汽车去，下午到。"显然，"明天"是不对的，应该是当天去的。

写"荒诞"其实是二十世纪西方现代文学中的一大主题。存在主义文学写过荒诞，萨特的《间隔》（又译《禁闭》或《禁止旁听》）是，他的《苍蝇》也是；荒诞派更是写荒诞，贝克特的《等待戈多》和《啊，美好的日子》，尤奈斯库的《犀牛》和《椅子》都写荒诞的人生景象。但荒诞派写荒诞，与加缪、萨特这样的作家写荒诞写法就不一样，概括地说来，荒诞派的文学艺术作品用荒诞的形式来反映荒诞的内容，而加缪、萨特等作家则仍以写实的手段来体现荒诞的内容。

我们看到，在加缪的《局外人》中，在萨特的《苍蝇》中，作者还是在以清醒的意识，以象征性的故事，以严谨的逻辑理性，深刻地表达出世界的荒诞性，而荒诞派的戏剧就不一样，它们往往以本身就无逻辑的语言、无意识的动作、无理性的艺术形式，来表现"荒诞"的内容自身。

这里，我们不妨就以"人物对时间的荒诞性的认识"为对象，看一看加缪与贝克特的不同写法。

在小说《局外人》中，默尔索进了监狱，他对监狱中千篇一律的生活节奏，对失去了的时间概念，有那样的一种独特认识，作者借他的口这样描写道："这样，睡觉、回忆、读我的新闻，昼夜交替，时间也就过去了。我在书里读过，说在监狱里，人最后就失去了时间的概念。但是，对我来说，这并没有多大意义。我始终不理解，到什么程度人会感到日子是既长又短的。日子过起来长，这是没有疑问的，但它居然长到一天接一天。它们丧失了各自的名称。对我来说，唯一还有点意义的词是'昨天'和'明天'。"

而荒诞派则不然，同样的意境，到了贝克特的剧本《等待戈多》中，则成了这样的形式：

爱斯特拉贡　他应该在这里。

弗拉第米尔　他并没有说死了他要来。

爱斯特拉贡　假如他不来呢？

弗拉第米尔　那咱们明天再来。

爱斯特拉贡　然后后天再来。

弗拉第米尔　兴许吧。

爱斯特拉贡 以此类推。

弗拉第米尔 这就是说……

爱斯特拉贡 直到他来了为止。

弗拉第米尔 你真是毫不留情。

爱斯特拉贡 咱们昨天已经来过了。

弗拉第米尔 哦不,这你可就弄错了。

爱斯特拉贡 那咱们昨天干什么来了呢?

弗拉第米尔 咱们昨天干什么来了吗?

爱斯特拉贡 是啊。

弗拉第米尔 我的天……(忿怒地)要说扔下疑问,那还数你厉害。

爱斯特拉贡 要我说,咱们来过这里。

弗拉第米尔 (环顾四周)你觉得这地方熟悉吗?

爱斯特拉贡 我没这么说。

弗拉第米尔 那么?

爱斯特拉贡 这又没什么关系。

弗拉第米尔 尽管如此……这棵树……(转身朝向观

众)……这一片泥炭沼。

爱斯特拉贡 你敢肯定是今天傍晚吗?

弗拉第米尔 什么?

爱斯特拉贡 应该在今天等待吗?

弗拉第米尔 他是说星期六。(略顿)我觉得。

爱斯特拉贡 在干完活儿后。

弗拉第米尔 我一定记下来了。

(他在自己的衣兜里摸索一阵,摸出各种各样的破玩意。)

爱斯特拉贡 但是,哪个星期六呢?今天是星期六吗?难道今天不可能是星期日吗?或者是星期一?或者是星期五?

弗拉第米尔 (有些畏惧地环顾四周,就仿佛在景色中铭刻着今天是星期几似的。)这不可能。

爱斯特拉贡 或者是星期四。

弗拉第米尔 那怎么办呢?

爱斯特拉贡 假如昨天晚上他白白地空走了一趟,却什么都没见到,那么,你以为他今天就不会来了吗?

弗拉第米尔 但是,你说了,我们昨天晚上来过了。

爱斯特拉贡 我可能弄错了。(略顿)咱们都别再说了,行不行啊?

弗拉第米尔 (微弱地)行啊。

(笔者译)

记得早先读到的一篇文章中说,1957年十一月,美国旧金山市的演员工作室剧团排演的贝克特戏剧《等待戈多》在圣昆丁监狱上演,观众是一千四百名囚犯。这座监狱自1913年以来一直就没有演过戏剧,之所以选择《等待戈多》,主要原因据说是剧中没有女演员。本来,囚犯们只等着舞台上出现姑娘和逗笑的场面,起初没有看到时,他们嘀嘀咕咕的,很不耐烦,但很快,他们就安静下来了。演出结束,他们全都震动了。有个犯人说:"戈多就是社会。"另一个则说:"戈多就是外面的世界。"

设想一下,如果让1942年的小说《局外人》中的默尔索，去看贝克特1953年才写的《等待戈多》，他应该是完全能够看明白的，他是完全能够以自己的亲身经历去体味弗拉第米尔和爱斯特拉贡苦苦等待希望而无果的心理状态的。

在加缪的另一部小说《鼠疫》中，主人公塔鲁则是这样记录奥兰城市民对"时间的荒诞性"的认识的：

> 问题：要不浪费时间，怎么办？答案：到漫长的时间里去体验。方法：在牙医生的候诊室里，坐在不舒服的椅子上，过上几整天；在自己家的阳台上度过星期日的下午；去听别人用听不懂的语言做报告；在选定一条路程最远又最不方便的铁路线上去旅行，当然还得站着；去剧院售票处前排队而没买到票等等。①

其中的意境，完全如同贝克特的《等待戈多》，只不过，小说的语言还是很带逻辑性的，属于加缪小说人物的

---

① 本书所引加缪小说《鼠疫》的引语，均采用上海译文出版社"外国文艺丛书"的版本，顾方济、徐志仁译，林友梅校，1980年。

叙事语言，而非贝克特式的舞台人物的"胡诌"。

欣赏

写小说的人和读小说的人都知道，小说的第一句话往往具有很重要的意义，尤其是象征的意义，而小说的最后一句通常也很重要，往往会有一种总结的意义，或归于某种隐喻。

那么，就让我们来看一看《局外人》的这第一句与最后一句吧。

《局外人》的第一段的法语原文如下：

Aujourd'hui, maman est morte. Ou peut-être hier, je ne sais pas. J'ai reçu un télégramme de l'asile:《Mère décédée. Enterrement demain. Sentiments distingués.》Cela ne veut rien dire. C'était peut-être hier.

2 荒诞之人之荒诞处境

这是十分简单的法语,一年级的小学生恐怕都会读会写。而正是这样的一种简洁明了,这样的一种由衷之言,奠定了《局外人》的风格。

我们在这里提供两个汉语译本的译文:

今天,妈妈死了。也许是昨天,我不知道。我收到养老院的一封电报,说:"母死。明日葬。专此通知。"这说明不了什么。可能是昨天死的。

(郭宏安译)

今天,妈妈死了。也许是在昨天,我搞不清。我收到养老院的一封电报:"令堂去世。明日葬礼。特致慰唁。"它说得不清楚。也许是昨天死的。

(柳鸣九译)

《局外人》的最后一段也很有哲理,很具思辨性:

Si près de la mort,maman devait s'y sentir libérée et

prête à tout revivre. Personne，personne n'avait le droit de pleurer sur elle. Et moi aussi，je me suis senti prêt à tout revivre. Comme si cette grande colère m'avait purgé du mal，vidé d'espoir，devant cette nuit chargée de signes et d'étoiles，je m'ouvrais pour la première fois à la tendre indifférence du monde. De l'éprouver si pareil à moi，si fraternel enfin，j'ai senti que j'avais été heureux，et que je l'étais encore. Pour que tout soit consommé，pour que je me sente moins seul，il me restait à souhaiter qu'il y ait beaucoup de spectateurs le jour de mon exécution et qu'ils m'accueillent avec des cris de haine.

在这里，我们依然还是提供两个译本的译文：

妈妈已经离死亡那么近了，该是感到了解脱，准备把一切再重新过一遍。任何人，任何人也没有权利哭她。我也是，我也感到准备好把一切再过一遍。好像这巨大的愤怒清除了我精神上的痛苦，也使我失去希望。面对着充满信息和星斗的夜，我第一次向这个世界的动人的冷漠敞开了心扉。我体验到这个世界如此像我，如此友爱，我觉得我过去曾经是幸福的，我现在仍然是幸福的。为了把一切都做得完善，为了使我感到不那么孤独，我还希望处决我的那一天有很多人来观看，希望他们对我报以仇恨的喊叫声。

（郭宏安译）

如此接近死亡，妈妈一定感受到了解脱，因而准备再重新过一遍。任何人，任何人都没有权利哭她。而我，我现在也感到自己准备好把一切再过一遍。好像刚才这场怒火清除了我心里的痛苦，掏空了我的七情六欲一样，现在我面对着这个充满了星光与默示的夜，第一次向这个冷漠的世界敞开了我的心扉。我体验到这个世界如此像我，如此友爱融洽，觉得自己过去曾经是幸福的，现在仍然是幸福的。为了善始善终，功德圆满，为了不感到自己属于另类，我期望处决我的那天，有很多人前来看热闹，他们都向我发出仇恨的叫喊声。

(柳鸣九译)

在写小说的这最后一段的时候,作者加缪兴许想起了自己的父亲。我们知道,关于他那位在自己不到一岁时就去世的父亲,加缪本没有什么记忆,但他从他母亲一家人那里得来的对父亲唯一的记忆应该是深刻的。家中有人告诉过他:他父亲曾有一次去看死囚犯的行刑①,一大早就赶去看了,但看完之后就吐了。

除了这颇有意思的第一段和最后一段,我们在此再提供几段,供读者欣赏。

默尔索赶去养老院为母亲守灵期间,有这样的一段描

---

① 加缪后来写有一篇长长的散文,叫《关于断头台的思考》,其中,对一个人去看行刑的情节做了描述:"那天早上他看到的事,他没对任何人说。他飞奔回家,面部线条扭曲,拒绝说话,在床上躺了一会儿,随后就开始呕吐……"

2 荒诞之人之荒诞处境

写,体现出了十分简洁的文体,几近于白描,也恰到好处地反映出了人物的内心想法:

> 这时,门房来到我的身后。他大概是跑来着,说话有点儿结巴:"他们给盖上了,我得再打开,好让您看看她。"他走近棺材,我叫住了他。他问我:"您不想?"我回答说:"不想。"他站住了,我很难为情,因为我觉得我不该那样说。过了一会儿,他看了看我,问道:"为什么?"他并没有责备的意思,好像只是想问问。我说:"不知道。"于是,他拈着发白的小胡子,也不看我,说道:"我明白。"

另外,默尔索在海滩上杀人的那一段,描写得也十分客观,不带任何的主观推断意识,不仅如此,而且充满了某种莫名其妙的壮美与潜在的心灵震撼,让读者觉得似乎是在读一篇象征主义的散文诗:

> 我想我只要一转身,事情就完了。可是整个海滩在阳

光中颤动，在我身后挤来挤去。我朝水泉走了几步，阿拉伯人没有动。不管怎么说，他离我还相当远。也许是因为他脸上的阴影吧，他好像在笑。我等着，太阳晒得我两颊发烫，我觉得汗珠聚在眉峰上。那太阳和我安葬妈妈那天的太阳一样，头也像那天一样难受，皮肤下面所有的血管都一齐跳动。我热得受不了，又往前走了一步。我知道这是愚蠢的，我走一步并逃不过太阳。但是我往前走了一步，仅仅一步。这一次，阿拉伯人没有起来，却抽出刀来，迎着阳光对准了我。刀锋闪闪发光，仿佛一把寒光四射的长剑刺中了我的头。就在这时，聚在眉峰的汗珠一下子流到了眼皮上，蒙上一幅温吞吞的，模模糊糊的水幕。这一泪水和盐水搀和在一起的水幕使我的眼睛什么也看不见。我只觉得铙钹似的太阳扣在我的头上，那把刀刺眼的刀锋总是隐隐约约地对着我。滚烫的刀尖穿过我的睫毛，挖着我的痛苦的眼睛。就在这时，一切都摇晃了。大海呼出一口沉闷而炽热的气息。我觉得天门洞开，向下倾泻着大火。我全身都绷紧了，手紧紧握住枪。枪机扳动了，我摸着了光滑的枪柄，就在那时，猛然一声震耳的巨响，一切都开始了。我甩了甩汗水和阳光。我知道我打破了这一天的平衡，打破了海滩上不寻常的寂静，而在那里我曾是幸福的。这时，我又对准那具尸体开了四枪，子弹打进去，也看不出什么来。然而，那却好像是我在苦难之门上短促地叩了四下。

而下面这两段，则以某种近乎诉讼笔录的形式，记载下了法庭辩论中的场景。在一种"实"得不能再"实"的写实主义的笔调中，读者恐怕会见识到一个被排斥在了司法辩论与道德拷问之外的"局外人"被告：

我擦了擦脸上的汗，直到我听见传养老院院长，这才略微意识到了我所在的地方和我自己。他们问他妈妈是不是埋怨我，他说是的，不过院里的老人埋怨亲人差不多是一种通病。庭长让他明确妈妈是否怪我把她送进养老院，他又说是的。但这一次，他没有补充什么。对另一个问题,他回答说他对我在下葬那天所表现出的冷静感到惊讶。这时,院长看了看他的鞋尖儿,说我不想看看妈妈,没哭过一次,下葬后立刻就走,没有在她坟前默哀。还有一件使他惊讶的事,就是殡仪馆的一个人跟他说我不知道妈妈的年龄。大厅里一片寂静,庭长问他说的是否的确是我。院长没有听懂这个问题,说道:"这是法律。"然后,庭长问检察官有没有问题向证人提出,检察官大声说道:"噢!没有了,已经足够了。"他的声音这样响亮,他带着这样一种得意洋洋的目光望着我,使我多年来第一次产生了愚蠢的想哭的愿望,因为我感到这些人是多么地憎恨我。

[……]我的律师已经按捺不住,只见他举起胳膊,法衣的袖子都落了下来,露出了里面浆得雪白的衬衫,大声嚷道:"说来说去,他被控埋了母亲还是被控杀了人?"听众一阵大笑。但检察官又站了起来,披了披法衣,说道需要有这位可敬的辩护人那样的聪明才智才能不感到在这两件事之间有一种深刻的、感人的、本质的关系。他用力

地喊道:"是的,我控告这个人怀着一颗杀人犯的心埋葬了一位母亲。"这句话似乎在听众里产生了很大的效果。我的律师耸了耸肩,擦了擦额上的汗水。但他本人似乎也受到了震动,我明白我的事情不妙了。

多么客观的描述,多么冷静的观察,主人公"我"的的确确是个置身局外的旁观者:是的,检察官的话"似乎"在听众里产生了很大的效果。但并没有怎么触动"我","我"只是隐约明白事情有些"不妙"(j'ai compris que les choses n'allaient pas bien pour moi)而已。

在此,我们只停留在对《局外人》的阅读欣赏上,而不作各种文学领域中的具体分析与批评。实际上,假如要对《局外人》展开各种各样的认真批评,则恐怕就能拼凑出一部包含各种批评方法与理论的二十世纪的文学批评史来了:存在主义、荒诞美学、新批评理论、结构主义、女性主义、后殖民理论……

3

人性中那些从未消失的邪恶

导读《鼠疫》

善良的人们,
往往也是善忘的人们。

由《局外人》(1942)到《鼠疫》(1947),时间过去了五年。惨烈的世界大战结束了,但战争给人们造成的精神创伤仍然在,它的阴影仍然笼罩着世界。

巴黎解放后,加缪与妻子在巴黎团聚。

其间,《鼠疫》的写作似乎一直没有间断。

1947年6月,《鼠疫》出版,大获成功,好评如潮,作品获得了批评家大奖(Prix des Critiques)。而且,颇有些奇怪的是,《鼠疫》比《局外人》销售得要好得多,仅仅在出版的头三个月,在法国就卖出了九万六千册。

小说情节

跟《局外人》一样,《鼠疫》故事发生的背景仍然是在阿尔及利亚。

二十世纪四十年代某年,四月中旬起,阿尔及利亚的海滨城市奥兰突发鼠疫。死鼠遍地,有人死去,疫情迅速蔓延,省里不得不下令封闭城市,断绝与外界的来往。

奥兰城原来是一个没有鸽子、没有树木、没有花园的现代城市。市民们一向麻木地消磨着每日的时光:起床,乘车,上班,去咖啡馆,游泳,进电影院,睡觉……日复一日,这种习惯的生活一成不变,但是,瘟疫彻底改变了所有人的生活:人们对灾难毫无准备,惶惶不可终日,有一种流放感和囚禁感。

在灾难面前,每个人都经受了考验:里厄医生一开始就头脑清醒地投入抗疫的战斗,他送走了患病的妻子去外地疗养,接来了帮他料理生活的老母亲;新闻记者朗贝尔想的只是离开这座封闭的城市而回到妻子那里去;小职员格朗仍按部就班地工作；塔鲁着手记录这场人间"悲剧"，寻求内心平静；神甫帕纳卢则进行说教，说是上帝派瘟神下来惩罚市民的原罪。

鉴于城里的死亡人数迅速增加，市政当局被迫作出一些预防措施，例如，往阴沟里灌毒气，身上有虱子的人要去卫生所检查，病人要隔离，病人房间要消毒，等等。不久，奥兰封城，而且还禁止通信。但是，封城之后，电影院却依然生意兴隆，咖啡馆也一样，甚至有人贴出了"广告"：纯酒杀菌。

很多人痛苦地死去，公墓被死尸挤满，火葬场一下子大大地不够用，人们只得在野外挖掘了两个大坑，一个埋男尸，一个埋女尸。恐怖笼罩着一切，个人的命运已不存在，有的只是集体的遭遇。大敌当前，人们开始团结行动：塔鲁向里厄建议成立志愿者救护队；格朗一面写自己的书稿，一面义务帮助做疫情统计工作；朗贝尔在等待离开城市的同时参加了志愿者团队，最后终于决定留下来；神甫也加入了这个自救的行列，眼前的一切苦难景象，尤其是一个儿童惨死的情景使他的宗教信仰发生了动摇。

经过艰难困苦的十个月，到了来年的一月份，城市终于从鼠疫的魔掌下解放出来，逐渐恢复正常。火车恢复运行，轮船重新通航，长期分离的亲人团圆了，欢腾的人群举行通宵达旦的盛大狂欢活动。在庆祝胜利中，人们对鼠疫和死亡开始淡忘，但里厄医生却开始考虑起了未来。他登高远眺，鸟瞰城市，不禁感慨万千，他决定要把自己耳闻目睹的事实记录下来。他知道，人与鼠疫的斗争还没有取得最后的胜利，鼠疫病菌并没有消失，它可能还潜伏在某个阴暗的角落，几十年之后还会苏醒，再给一个幸福的城市带来死亡。

点题：反抗

在《鼠疫》中，加缪让读者发现了一种价值，那就是人面对恶时的反抗本性，那一种人道主义的反抗同时给予了人的行动以意义，还有限制。

有一种说法是,加缪是受到了美国前辈作家赫尔曼·麦尔维尔的长篇小说《白鲸》的影响而开始构思《鼠疫》的。加缪在《介绍赫尔曼·麦尔维尔》一文中写道:"这是人所能想象出来的最为惊心动魄的一个神话,写人对抗恶的搏斗,写这种不可抗拒的逻辑,终将培育起正义的人;他首先起来反对创世与造物主,再反对他的同胞和他自身。"

白鲸与鼠疫杆菌,一大一小,都是恶,人与它们的搏斗都是那么地壮烈。

主要人物分析

里厄医生(Bernard Rieux)

作为一个医生,贝尔纳·里厄既是鼠疫的目击者,同时又自始至终参加了同瘟疫的斗争。从鼠疫暴发的一开始,他就在努力设法制止疫情蔓延,认为必须认清该做的事情,然后驱除无用的疑虑,采取适当措施,要紧的是把本职工作做好。他不相信上帝，他说过，假如他相信上帝是万能的，他就将不再去看病，让上帝去管好了。他面前摆着的是病人，最要紧的是把他们治愈，尽可能保护他们，让他们去思考问题，自己也思考。他明白他的胜利总不过是暂时的，因为自然规律最终是死亡。但他认为，这绝不是停止斗争的理由。他对鼠疫的态度是：做这样或那样的斗争，而决不投降。

他认为他的事业如果用拯救人类这个字眼来说是过分了，他只是行使医生的职责，为人的健康而工作，使尽可能多的人不死。

确实，里厄不是圣人，也非英雄，而是真正的人，真正的医生。他感到自己与贫苦的人类的命运休戚相关。有时，他感到自己没有武器也没有力量对付这场灾难；有时，他又感到与富有牺牲精神的高尚的人一起努力，社会还是有一丝希望的。他在斗争中懂得了鼠疫，懂得了友情，他失去了爱人和朋友，却赢得了知识和回忆。他看得比较清楚：鼠疫结束了，但威胁欢乐的东西还在，医生的职责还要尽下去。他这样的人会在鼠疫再次袭来时再次挺身而出，把个人痛苦置之度外，同恐怖之神较量一番。

在瘟疫的最后一次发作中，里厄的朋友塔鲁被夺走了生命，于是，里厄决定继承塔鲁未完成的"事业"，写下某种"瘟疫纪事"，只为简单地讲述人们在灾难中学到的东西，也为提醒"人们应该完成并通过克服自身痛苦可以完成"的事。

塔鲁（Jean Tarrou）

让·塔鲁是一个有清醒头脑、观察生活很深的荒诞人物，他身上体现了作者的某种几乎可说是"存在主义"的哲学思想。塔鲁本是一个法庭代理检察长的儿子，有一天，发现了死刑的惨状，就积极参加了某个"反对死刑"的组织的活动，直到后来，他才发现，就连这个组织也同意把杀人作为夺取斗争胜利的一种手段。于是，他感到憎恶，离开了政治运动，希望能避免成为同样的"鼠疫感染者"。

他来奥兰城定居不久。鼠疫一开始,他就对它表现出很大的兴趣,他的笔记详细地记载了全城大动乱中的逸闻琐事。但他当时这样做,只是为了求得内心的安静。当鼠疫来势汹汹地暴发时,他英勇地站了出来,主动找里厄医生,提出组织志愿防疫队的计划。这项工作是有生命危险的,但塔鲁把生死置之度外,他说他对生活"看透"了,"理解"了,正因如此,他才来干志愿防疫工作。他认为要分担别人的不幸,就没有时间享受自己的幸福。

塔鲁早就受到他所谓的"鼠疫"的折磨,并感觉到了,因而寻求摆脱,他一想到大家都生活在鼠疫当中,就失去了内心的平静。他寻求各种方式来找到安宁,如果不行,可以心安理得地死去。他认为在当今世界上人人几乎都成了鼠疫患者的情况下,"要想不当患者就比当一个患者更累人","也正因为如此,有些不愿意当鼠疫患者的人觉得精疲力竭,对他们来说,除了死亡之外,再没有任何东西能使他们摆脱这种疲乏"。结果,他一如既往地战斗着，直到病倒了，他还要斗争，不愿死去。

格朗（Joseph Grand）

约瑟夫·格朗是一个恪守本分、廉洁奉公的小公务员，干着默默无闻而又必不可少的工作，他没有飞黄腾达的欲望，不愿失去个人尊严而放肆地向上司申请，以求稍稍提高一下地位和生活待遇。这个善良而富于感情的人的最大忧虑是表达乏术，为提高表达力，他每天晚上练习写小说。他失去了往日的爱情，成天忍受着心灵的痛苦。面对鼠疫，他毫不犹豫地以"我干"来回答一切，他担当了卫生防疫组织的秘书，每晚六至八时雷打不动地为抵抗鼠疫的公共事业而工作。他只求做点小事，出点小力，而其他的事，他认为自己年龄太大胜任不了。

帕纳卢神甫（prêtre Paneloux）

帕纳卢神甫既是教会人士，又是著名学者，一生捍卫严格的天主教教义，同过去的愚昧主义和现代放浪主义作斗争。

他在鼠疫开始时作的一次布道中,把鼠疫说成是上帝对不虔诚者的惩罚。然而,残酷无情的鼠疫杀死了大批的无辜者,最后,纯洁儿童临死前的痛苦使帕纳卢神甫的思想混乱到了极点,使他的信仰终于动摇。他认为,在灾难中,人们被迫作出抉择,要么全盘接受相信,要么全盘否定。在最后一次布道中,他要求教徒"哪怕涉及儿童的死亡,还是要信仰上帝","必须接受这一耻辱,因为我们必须作出选择:憎恨上帝或是热爱上帝"。为了保留他对上帝至死的信奉,他在得病后,拒绝去请医生,而是目不转睛地看着耶稣受难十字架,怀着一颗彻底信仰上帝的虔诚之心,静等归天。

朗贝尔(Raymond Rambert)

雷蒙·朗贝尔是来自巴黎的记者,到奥兰城调查卫生情况,不幸被瘟疫困禁在孤城中。他的情人在巴黎,他感到分离的痛苦,到处想办法离城。他曾经要求里厄医生给他开一纸健康证明,以便据此得以离城,被里厄拒绝。后来他又走种种的官方渠道,但处处碰壁,希望渺茫,于是转向非法的偷渡手段,但梦想又一次次地落空。

绝望中,他考虑到要行动,并参加了里厄和塔鲁正从事的志愿防疫工作,他认为英雄主义并不难,斗争更是必要的。于是,他拼命地工作,想以工作的疲乏来消耗自己的幻想和精力。后来,他同一些走私者搭上了关系,想伺机偷越城门,但就在最终的机会来到的那一刻,他决定彻底放弃逃跑的念头,安心留下来,他认为,在大家共患难的时候,自己毕竟没有脸一个人偷偷溜走。"要是只顾一个人自己的幸福,那就会感到羞耻。"

朗贝尔这一人物身上,也有着作者加缪的影子。1942年1月,加缪的肺病复发,左肺叶严重感染,医生建议他避开北非的潮湿气候,去欧洲做一段长时间的疗养,并严禁下水游泳。于是,加缪无可奈何地离开了他所居住的奥兰城(他的妻子芙兰辛娜·福尔的故乡),告别了在奥兰的沉闷无聊的生活,来到法国本土,疗养地则就在利尼翁河畔的尚蓬。后来，他的妻子返回了阿尔及利亚，他自己则因战争的隔绝，仍然留在法国。直到法国解放，他才与妻子在巴黎团圆。对这样的一种隔绝，加缪在《鼠疫》中把它描绘得恰到好处。需要强调的是，《鼠疫》中，记者朗贝尔留在了奥兰，他的情人在巴黎，两人不得团聚。而在加缪的现实生活中，这个地理位置恰好相反，加缪在巴黎，当着他的记者和编辑，同时，怀念着留在阿尔及利亚的妻子。

科塔尔（Cottard）

科塔尔是一个沉默寡言、行动诡秘的酒类销售商，性情孤僻而多疑。他曾犯有某种罪行，最憎恨警察，最怕被警察逮捕。有一天，他因内心痛苦而决定自杀，于是就在自己的房间门上用红色粉笔写道："请进，我上吊了。"但被邻居格朗救了下来。

鼠疫开始后，他一反常态地显得得意而轻松，说话语调和悦。从事配给商品的走私活动使他发了大财，他认为

3 人性中那些从未消失的邪恶

鼠疫中的日子过得不坏,再也没有警察来寻他的麻烦了,所以他根本不想去制止鼠疫的流行。他唯一担心的,就是他自己与别人隔离开来。他已亲身体验过恐怖的味道,认为现在轮到别人来尝一下这种滋味也是正常的,大家分担恐怖,毕竟比一个人单独忍受要好受得多。

鼠疫结束,众人欢欣鼓舞,科塔尔却感到恐慌,他希望城市忘掉过去,一切从零开始,但他又害怕一切会像鼠疫之前那样照旧。终于,他疯了,而便衣警察也在此时前来缉拿他归案。

很显然,科塔尔是一个"与鼠疫共生"的形象。他是鼠疫杆菌最理想的宿主。

毫无疑问,"与鼠疫共生"的形象,就是一个反面形象。但是,不可否认的是,他也有一种所谓的"理想",就是说,他渴望一种新的生活。科塔尔喜欢鼠疫,因为它使大家处于平等地位,谁也不用去怕谁。鼠疫结束时,他所怕的就是一切恢复到过去,他再处于警察的追捕中,提心吊胆地过日子。当然,科塔尔是有罪的,他真正的罪行就是他从心底里赞成那种导致无辜儿童和成人死亡的东西——鼠疫。这一点,是不能原谅的。

次要人物分析

对小说中的次要人物,我们在此只想稍稍地提及一下:

病人

一个叫米歇尔的先生(M. Michel)是里厄医生住宅楼的门房,他是奥兰城里最初被鼠疫病菌感染的得病者,一开始就发热,呼吸困难,而后,病情迅速恶化,不治身亡。每一场瘟疫,必然会有一个牺牲者来为众人敲响警钟,他就是奥兰城鼠疫大发作的第一个牺牲品。

同样,预审法官奥东先生(M. Othon)也是鼠疫病人,一开始,他对鼠疫麻木不仁。儿子染病死后,自己也被隔离,这才开始重视并行动起来,帮助里厄医生,但最终还是因病重不治身亡。他体现的是一种见证，是见证亲人死亡以及瘟疫暴虐后果之后的觉悟者。

医生

小说中的医生，除了里厄，有名有姓的还有卡斯特尔（Castel），他负责试验鼠疫疫苗，工作勤勤恳恳。在疫情初期，他本着科学的认真态度，执意要搞清楚"这究竟是不是鼠疫"。

还有一位医生叫里夏尔（Richard），疫情一开始时，他提出的控制方案比较保守，他反复强调要再三斟酌，不可马上作出结论，以免引起人们的恐慌。后来，在铁的事实面前，他抛弃了幻想，脚踏实地地投入了防疫工作。里夏尔在工作之中不幸染上了病，最后悲壮死去。

小说《鼠疫》对这些医生的专业工作和日常行为都着墨不多。在一部以鼠疫疫情为背景的小说中，作者加缪可能无意过多地去描写医务人员的救死扶伤的英勇行为，尽管那确实是值得歌颂的人的美德。加缪要表现的更多的不是白衣天使们的"逆行",而是人们面对瘟疫时的所思所想。

默默无闻者

小说中,默默无闻的小人物还有好一些。里厄的母亲(Mme Rieux mère)和妻子(Mme Rieux épouse)就是其中的两位,老妈妈前来帮儿子,做了很多事,但一直就默默无闻,叙述者也无意着墨描写;而里厄的妻子,则根本就没有在小说中露面,她因病在外地疗养,最后也是默默无闻地死去。

小说中还有两个老头,一个是患哮喘病的老头,成天玩着把豆子从一口锅里换到另一口锅里的游戏,由此打发时间;而另一个老头,则以逗猫为乐,他每天早上都要把他家附近的猫都吸引过来,撕碎纸片逗弄它们,还朝猫吐痰。鼠疫蔓延之后,当局出于谨慎,抓捕了城里所有流浪的猫和狗,让这个老人感到十分孤独,只能呆坐室内,无事可做。这两个人都是鼠疫的见证人,同时也是叙述者所见证的亲身经历疫情的群体中的普通一员。

主题：人道主义的反抗

小说《鼠疫》的主题，上文中已经提了一下，就是一句话：集体的反抗。

从《局外人》的荒诞到《鼠疫》的反抗，加缪走过了哲学思考上的整整一条路。

在《鼠疫》中，作者加缪体现了人面对荒谬的现实时选择的反抗行动。奥兰城一度鼠疫横行，死伤了很多人，整个城市被死亡的阴影笼罩，在人们的普遍恐惧和极度焦虑中，以医生里厄为代表的抗争者志愿成立了防疫队伍，救死扶伤，尽管他们中有人患上了瘟疫而身亡，但最后还是迎来了"胜利"（假如可以说是"胜利"的话）。无疑，里厄医生是集体人道主义的代表，他的反抗比西西弗的推石上山更有积极的人生意义。

《鼠疫》对于我们认识加缪的思想发展是极为重要的，

它是作者对待荒诞的世界、邪恶的社会持积极态度的有力证据。

加缪通过主人公里厄医生之口说出了他写书的目的。他是因为不愿在事实面前保持缄默，是为了当一个同情这些鼠疫患者的见证人，为了使人们至少能回忆起这些人都是不公平和暴力的牺牲品，为了如实地告诉人们他在这场灾难中所学到的东西，并告诉人们：人的身上，值得赞赏的东西总是多于应该蔑视的东西。（其实，很多作家写瘟疫都是出于相似的目的，笔者最近重读的法国作家让·吉奥诺的小说《屋顶轻骑兵》[①] 就是如此，有兴趣者不妨读一读。）

加缪的这些话，简明扼要地点出了小说《鼠疫》的主题：通过对可怕的鼠疫的描写，指明世界的荒诞，提出人们应该怎么办的问题。他的结论是要反抗，他通过小说主人公的言与行，大声疾呼人们正视世界，积极行动，为改

---

① 潘丽珍译，译林出版社，1998年。

变命运而努力。

总之,小说的反抗主题具有积极意义。正因为这样,它引起了人们的深思,受到了人们的欢迎。

在此,我们不妨再回到小说人物的塑造上来,深入展开分析,来从中窥见小说的主题。

首先要谈的,仍然是里厄医生。作为整篇小说实际上的故事叙述人,里厄当然是"集体反抗"的见证者与参与者。里厄医生尽管不是完人的形象,却是法国现代社会中既正直又有反抗精神的人(尤其是知识分子)的典型,代表了作者和相当一部分人的思想。他的思想直接掺和在成千上万的鼠疫患者的呻吟之中,他所体验到的痛苦无一不是亲身经历过的。

里厄的反抗是一个无声的号召,也是小说《鼠疫》的分量之所在。

其次,是塔鲁。塔鲁是一个荒诞人的典型,他意识到世界、社会的不合理性,他要反抗,但又找不到如何"反抗"的道路。在他看来,革命不是一条可行的路,革命只是使用屠杀、暴力,以一个专政代替另一个专政。他能做到的是始终与受害者站在一起,对损害"加以限制"。人道主义的同情心,是他通向心灵安宁的道路。塔鲁的精神苦恼,其实在一定程度上也反映了加缪在哲学上的一丝迷茫。到了小说的末尾,作者加缪颇有些无奈地让塔鲁"意外地"死去,这也说明了塔鲁身上体现的荒诞哲学不能解决什么。可以说,塔鲁是西方知识分子探索人生前途陷于虚无缥缈之中的一个缩影。

接下来,就是格朗,在我看来,格朗是反抗群体中的一个典型的个体代表。的确,他是一个小人物,极普通,极不起眼。但是,这个不显眼的人是个英雄形象,真实的英雄主义体现在他身上。至少在作者加缪的眼中是这样。加缪特意为他造了一个崇高而响亮的名字——"格朗"(Grand),法语中意为"高大""伟大"。他死而复生的奇迹,是作者有意的设置和选择,是为了肯定他这样一个普通小人物的生存价值。这一点,我们只要拿来与小说中另一个人物塔鲁的结局比较一下，就不难发觉作者对格朗怀有的特殊感情了。

再接下来，就说到帕纳卢神甫了。帕纳卢神甫也是群体中的一个有特色的个体：我们可以说，他是一个顽固坚持固有信仰的可怜虫，他明知道有许多东西无法解释，明知道在鼠疫的大海中没有避难的岛屿，但他还是不敢怀疑，不敢否定上帝，他不愿失去信仰，而是非要坚持到死亡。神甫反复声称："这确实令人气愤，因为它超过了我们的限度，但是，或许，我们应该热爱我们所不能理解的东西。"面对着帕纳卢神甫的至死不改，里厄医生这样反驳："不，神甫。我对爱有另一种观念。我至死也不会去爱这个使孩子们惨遭折磨的上帝的创造物。"他还说："人类的得救，这个字眼对我说来太大了。我没有这么高的精神境界。我是对人的健康感兴趣，首先是人的健康。"

帕纳卢神甫面对瘟疫时的态度，以及里厄医生对他的反驳，让我不由得想起了法国启蒙文学的泰斗伏尔泰的一篇哲理诗——《里斯本的灾难》。

1755 年 11 月 1 日，葡萄牙首都里斯本发生大地震，城内大火四起，这座当时欧洲最繁华的城市之一顷刻毁灭。整个欧洲都为之震惊。当时，不少人对此次地震的原因都有解释。其中影响最大的解释则来自宗教界："天谴"。

第二年，伏尔泰写下了哲理诗《里斯本的灾难》（*Poème sur le désastre de Lisbonne*），对莱布尼茨的"乐观主义"以及所谓的"现存的一切都好"（Tout est bien）的格言表示了质疑。这一篇《里斯本的灾难》有一个很好的副标题：对格言"现存的一切都好"的探讨（*Examen de cet axiome：Tout est bien*）。伏尔泰在诗中反驳了"现存的一切都好"（也可以理解为"凡是存在的都是合理的"）的宿命论思想，他开篇便这样写道：

哦不幸的凡人，哦可悲的大地！
哦终有一死的凡人那可怖的聚集！
永世承受着无谓痛苦的煎熬！
而受骗的哲人竟然高喊："现存的一切都好"；

3 人性中那些从未消失的邪恶

快赶来凝望一下可怖的废墟,这一番灾难,

这灰烬,这断壁,这令人伤心的残垣,

这妇女,这儿童,尸体彼此堆积一起,

这断裂的大理石之下,便是一根根残腿断臂;

大地吞噬了成千上万的不幸者,

他们血肉模糊,鲜血淋漓,心脏却还在跳着,

被埋在屋顶底下,奄奄一息,无人救援,

忍耐着恐怖的折磨,度日如年!

听到他们喑哑嗓音的轻声呼唤,

看到他们灰烬上冒起的吓人青烟,

您会说:"难道这就是永恒法则的效率,

是他们需要选择一个自由善良的上帝?"

瞧着这一大堆牺牲的人,您还会这样说吗:

"上帝复仇了,他们的死就是他们罪孽的代价?"

这些孩子,如此鲜血淋淋,抱在母亲的怀里,

他们何以至此?他们到底犯了什么错,作了什么孽?

(笔者译)

无辜儿童的死亡，对不信上帝的人来说，总是一种对宗教信仰提出异议的论据，这也是伏尔泰反对盲目乐观主义的论据之一。顺便提一句：我们同样可以在十九世纪的法国诗人维尼（Vigny）和俄国作家陀思妥耶夫斯基的作品中找到相同的观点。

很明显，伏尔泰在这篇哲理诗中的看法，跟他在《老实人》等哲理小说中的观点是一脉相承的。

伏尔泰面对着地震这一自然灾难，与加缪（里厄医生是他的代言者）面对着同样作为自然灾难的鼠疫，两人发出的感慨，完全具有同样的"人道主义"精神。

十八世纪的伏尔泰能正视地震灾难给人类带来的苦难，质疑上帝创造世界之完美的观点，而加缪则从鼠疫中看到了世界的荒诞，并表示出了反抗的态度。

回头再看加缪笔下《鼠疫》中另一人物朗贝尔的反抗形象：与帕纳卢神甫相反，朗贝尔所代表的是一个反抗的形象，但那是一个"从逃避转向反抗"的形象。朗贝尔是一个有感情也有理智的人。他的言行没有什么故意造作之处,他的思想转变也是合情合理的,从他的身上,我们可以看到,在瘟疫面前,自由散漫的人是如何团结起来的。即便朗贝尔不了解自己从事的事业的意义,他还是会跟别人患难与共的。

其实,现实生活中的大多数人不就是这样的吗?面对着灾祸,面对着荒诞的世界,他们会抱怨,他们会推诿,他们会消极,他们会听信谣言,甚至跟着传谣,但他们也会认识到,不反抗便无出路,于是,他们会起而反抗,会成为反抗群体中的一分子。

题解:"鼠疫"是什么

小说《鼠疫》具有象征意义,人与荒诞作斗争的线索贯穿其中。

书名《鼠疫》本身也有着象征意义。它象征着物质上、精神上的一切邪恶,用作者加缪自己的话来说:"这是德国法西斯的占领,是集中营,是原子弹,是第三次世界大战的前景,同时也是非人道的时代,是上帝之国的时代,机器至上的时代,无责任的时代。"

首先,鼠疫象征着当时肆虐欧洲的纳粹主义、法西斯主义。

其次,鼠疫也象征着人性中从未消失过的那些"邪恶"。

另外,鼠疫还象征着荒诞的命运带给人类的瘟神般的劫难。

小说开始酝酿的时代是1940年德军占领巴黎之后的日子,加缪打算以"寓言"的形式,刻画出纳粹像瘟疫一样吞噬千万人生命的恐怖时代。1942年,加缪因病而住在法国的中央高原,后来又在1943年搬到南部,德军进占法国南方后,阿尔及利亚也处在了同盟国的控制下,与欧洲完全隔绝。加缪本人错过了回家的最后一班航船,"像老鼠一样",被困在了法国南方。他与妻子、与家人音信断绝,孤单寂寞。小说开篇出现的"194X"这一年份(我们在下文中对小说的这第一句话将有引用)对读者来说,暗示得恐怕再明显不过了,所谓的"鼠疫",就是纳粹的占领，就是纳粹占领带来的苦难。

对于同代人在面临一场大屠杀时的恐惧、焦虑、痛苦、挣扎和斗争，加缪是有切身体会的。可以说，加缪当时在法国见证了善良无辜的欧洲人在如此的一场世界大战面前的反应，见证了他们在一场浩劫之中思想上和感情上发生的巨大而深切的震撼，而此后，在小说《鼠疫》中，他转达出了同样善良无辜的人在一场瘟疫面前的反应，通过一场虚构的又极具象征意义的瘟疫，他体现的正是人们不愿意屈服的精神，起而反抗的行动。

《鼠疫》与《局外人》不同，它是断断续续写成的，到 1943 年，《鼠疫》基本上有了初稿，但加缪仍在不断地修改。在给友人的一封信中，加缪表示，对自己正在写的《鼠疫》初稿不太满意，他考虑给它换一个新的书名，那就是《分离的人》(*Les séparés*)，当然，后来这个想法没有付诸实施。

加缪自己 1942 年在一篇"手记"中写道："我想通过鼠疫来表达我们曾经遭受的压抑以及我们所曾经历的备受

威胁与流亡的氛围。同时,我想使这层含义扩展到一般意义上的生存概念。《鼠疫》将描述那些在战争中经历的思考、沉默与精神痛苦的人的形象。"

当然,战争、大屠杀、种族灭绝与瘟疫还是有所不同的,战争是人为造成的,屠杀出自人的手,而瘟疫更多是自然的灾难。

不过,瘟疫往往借助于人祸而造成比纯粹自然灾害更大的伤害。例如,地震能使得房屋倒塌,但假如人在地震多发地带建造的房屋更多地考虑到灾难因素而提高所造房屋抗震能力,则可大大地减弱地震带来的房屋倒塌现象。又如,鼠疫造成了大规模的传染,给人类群体造成大规模的染病与死亡,而管理者如果隐瞒疫情,不采取强有力的隔离、封闭、收治、抢救等措施,则病倒和死亡的人数必然倍增。古今中外,这样的例子数不胜数。

另外,顺便提一句,虽然战争造成了屠杀,瘟疫也造成了死亡(正如地震等自然灾害也造成人的死亡),但战争与瘟疫在"杀人"的方式上也有不同的地方:战争先杀青壮,再杀老弱妇孺,而瘟疫先杀老弱妇孺,再杀青壮。而地震这样的灾难,是无视对象的老少强弱的。

1955年二月,著名批评家罗兰·巴特写了一篇关于《鼠疫》的文章,发表在法国最佳图书俱乐部的简报《俱乐部》上,把加缪这部小说中对第二次世界大战的语境指涉形容为一种"误会"。罗兰·巴特指出,《鼠疫》不是一部小说,而是一部编年史,是介乎于历史与小说之间的编年史。这个编年史是封闭的,在时间上,它封闭于鼠疫流行期间;在地点上,它封闭于奥兰城。这是一个没有因果,没有连续的世界,一个被剥夺了历史的世界。巴特还指出,"恶"有时是人恶,《鼠疫》却并没有提到这一点。

对罗兰·巴特的批评,加缪答以一封公开信,其中说道:"我希望,人们能够从几种意义上来阅读《鼠疫》,然而,它显然包含了欧洲人对纳粹主义的反抗。其证明就是,这个没有被点名的敌人,所有人都已经认出了他,而且是在所有的欧洲国家中。我们需要补充的是,《鼠疫》

的很长一个片段,早在占领期间就已发表在了《战斗报》的一个集子中,而这一情况本身就足以证明我对题材所做的搬移,从某种意义上说,《鼠疫》不只是一部写抵抗的编年史。但是,当然,它还远远不止这一点。"另外,加缪还明确指出,"《鼠疫》的结尾预示并接受了未来的斗争。它是过去应该完成的东西的证明,以及将来应该完成的使命的证明"。

有意思的是,在这一方面,萨特也曾指责过加缪,说他用"细菌"来代替"德国人",是对纳粹主义的一种神秘化。在这一点上,萨特跟巴特一样,都是从同一个角度来考察《鼠疫》的。

而我则认为,小说《鼠疫》的政治意义是毋庸置辩的。但是,究竟用什么样的艺术手法,用什么东西来象征"恶",则是艺术家自己的事,是仁者见仁智者见智的事,而加缪采用的寓意方法,人所共知,已经被证明是绝对成功的,是极其出色的。

行文至此,我想起了拉封丹寓言中的一则《鼠疫中的动物》，其中讲的是动物世界对"瘟疫"流行成灾的责任的争辩。我们在此不妨来读一读这篇《鼠疫中的动物》，让我们见识一下，三百多年前法国的一个诗人是如何借动物之口来看这个人类历史上的大问题的：

  一场瘟疫带来了恐怖，

  此乃上天突发的愤怒，

造出了灾难惩罚大地上的罪行

这一场鼠疫（既然我们必须直呼其名），

一天之内就能让阿刻戎河河水暴涨

  向所有的动物宣战开仗。

并非所有的动物全都得死去，但大家还是都遭了罪：

  再也见不到他们费心劳累

为了苟延残喘而出来觅食充饥；

  再没有什么美食还能刺激他们的食欲；

  狼和狐狸也都不再窥伺抓捕

  那甜美而又无辜的猎物。

连小小的斑鸠也都逃之夭夭；

再没有了爱，也没有了快乐逍遥。

狮子召集起所有的动物前来开会：

他说：亲爱的朋友，我相信老天已经降罪

对我们的罪孽降下了这一报应；

但愿我们中最有罪的那位能承当罪名

做出牺牲来平息天庭的怒气；

如此，兴许还能挽救众生于死地。

历史告诉我们，面对如此的危险

就得有人站出来做出奉献：

我们绝不要自我吹嘘；而要毫不宽容地

看清楚自己内心的深底。

说到我，我为满足自己贪婪的胃肠，

曾经吞噬暴食过很多的绵羊；

他们可曾对我做了什么？毫无任何冒犯：

甚至，我有时还会咬伤

　　　　牧羊的羊倌。

假如必须的话,我就献出自己好了;但是我希望

我们每一位都像我这样来自我指责

因为大家都希望,依据公平的原则

  让最有罪的那一个死去丧亡。

——大王啊,狐狸说,您是我们仁慈的王;

您的行为实在审慎至极,深思熟虑;

吃他几只绵羊,那些无赖,愚蠢的种类。

难道还有罪吗?不,不。老爷,那是您给他们大大的抬举,

  您就只欠把他们咬得粉碎;

  至于牧羊人嘛,我们可以说

  他是罪有应得,因为他作恶太多,

这样的人竟然磨刀霍霍

  胆敢统治我们的动物王国。

狐狸说罢,谄媚者纷纷拍手。

  人们不敢过分地深究

老虎和狗熊,还有其他的猛兽,

  就连一点点可宽容的冒犯都没有。

所有的争辩者，也包括普通的猎狗

听他们每一个的说法，全然一副小小圣徒的派头。

轮到毛驴这一下说话：我记得我当年

  曾经路过僧侣们的一块牧场

正赶上腹中饥饿，见到嫩草，我就想尝他一尝

  也不知哪个魔鬼让我心生一念

我伸出舌头卷了一口草

我本来无权那样做，既然在这里我得说出事情真相。

听了这话，大家伙儿顿时冲他又叫又嚷。

一头颇有心计的狼便用高谈阔论来证明

必须奉献出这个该遭诅咒者的性命

这秃驴，浑身的疥疮，是他们的一切苦难的来源

他的小小过失就此被判成该死的大罪

胆敢吃他人的草！何等可恶的罪！

  只有处死他，他的罪才能抵销，

众人的怨才能相报：得让我好好瞧一瞧。

我要说：依据你是强大还是可怜，

你的是非黑白法庭自有公判。

（笔者译）

在翻译这一篇寓言诗《鼠疫中的动物》的时候，我突然傻傻地想到，写出了小说《鼠疫》的加缪，一定读到过拉封丹的这篇《鼠疫中的动物》吧。

探讨鼠疫何以成灾的原因与责任，在小说《鼠疫》中也有隐隐地涉及，而细读那位帕纳卢神甫的言行，便能读出。

我只想指出，对灾害责任的"甩锅"行为向来就有，而且在经典的文学作品中就已经不乏其描绘了。

由狮子主持的法庭，由狼和狐狸等证人引起的法庭辩论，也让我们不由得又联想到了小说《局外人》中的默尔索案的法庭审判。这两个法庭何其相似！在拉封丹的笔下，可怜的毛驴就是个没有发言权的"局外人"，他是动物界的荒诞人。

上述的联想，纯属个人阅读中的思维跳跃。由加缪的

《鼠疫》而经拉封丹寓言,再跳跃到《局外人》,当然不是文学批评的"正解",但,它却是我认为还有些启发意义的一种阅读方式。

文风

小说《鼠疫》全篇结构严谨,生活气息浓郁,人物性格鲜明,不同处境中人物心理和感情变化刻画得深入细致。小说中贯穿着人与瘟神搏斗的史诗般的篇章,生离死别的动人哀歌,友谊与爱情的美丽诗篇,地中海海滨色彩奇幻的画面,使作品具有强烈的艺术魅力。

总体来看,《鼠疫》的写作风格,应该还是属于"写实主义"的。但这种写实,已经不再是我们通常所理解的那种"现实主义",即所谓批评性的现实主义(或简单意义上的"批判现实主义")。

这里头有史诗。

这里头有象征。

这里头有浪漫。

这里头有哀歌。

在此，我们不妨从小说中格朗这一人物对待一个句子的修改，来侧面地看一下作者加缪所追求的"文风"。

格朗平时喜好在一个本子上写些什么东西，后来，到了他病情十分严重，眼看着就要撒手人寰的时候，他请医生里厄帮他做一件事，把他抽屉里的一份手稿拿来并焚烧掉。

里厄医生发现，那原来是一份只有五十来页厚的很短的小说手稿，上面只写着一句同样的话，只不过是抄了又抄，改了又改，增增删删。其中的关键字是"五月""女骑士""林间小径"，这几个字一再重复，并用各种方式排列而形成一个句子。格朗对这些句子还做了注释，其中有些注释冗长得很，很长很长。

到了手稿的末尾，里厄读到了这样的一个句子，显然是格朗最新的写法："在五月一个美丽的清晨，一位苗条的女骑士跨在一匹华丽的栗色牝马上，溜达在林间小径的花丛中……"

细心的读者读到这个时候应该会回想起,在此之前,作者已经让格朗的这个句子以各种面貌出现过了,而其中的修改过程,则体现出了格朗这个人物(当然更是作者加缪)的修改思路。

在整部小说中,这个句子反复出现了多次。其样子依次如下,译文为笔者所为。我们同时还附上法语的原文,以为对照①:

第一次:

"在五月份一个美丽的清晨,一位风姿绰约的女骑士跨在一匹俊俏的栗色牝马上,溜达在布洛涅森林繁花似锦的小径中。"

Par une belle matinée du mois de mai, une élégante amazone parcourait, sur une superbe jument alezane, les

---

① 请注意,引语中的"下划线"为笔者特地所加,以示强调。

allées fleuries du Bois de Boulogne.

第二次：

"在五月一个美丽的清晨，一位苗条的女骑士，跨在一匹俊俏的栗色牝马上，溜达在布洛涅森林繁花似锦的小径中。"

Par une belle matinée de mai, une svelte amazone, montée sur une superbe jument alezane, parcourait les allées fleuries du Bois de Boulogne.

就此，格朗的解释是：他已决定不用"风姿绰约"这个形容词而从此改用"苗条"来形容他的女骑士。他认为："这比较具体些。"对原本的"五月份"（mois de mai），他觉得改为"五月"（mai）比较好，因为"五月份"中的这个"份"（mois）字把小跑的节奏拉得太长了些。

第三次:

"在五月一个美丽的清晨,一位苗条的女骑士,跨着一匹华丽的栗色牝马,溜达在布洛涅森林的开满了鲜花的小径上。"

Par une belle matinée de mai, une svelte amazone montée sur une somptueuse jument alezane parcourait les allées pleines de fleurs du Bois de Boulogne.

最后一次:

"在五月一个美丽的清晨,一位苗条的女骑士跨在一匹华丽的栗色牝马上,溜达在林间小径的花丛中……"

Par une belle matinée de mai, une svelte amazone, montée sur une somptueuse jument alezane, parcourait, au milieu des fleurs, les allées du Bois …

这当然是格朗的最新的甚至是最后的写法了。但是,他依然不满意,他还激动地说:"啊!我知道。美丽,美丽，这个词不确切。"但是，他已经没有时间再修改了。

请注意，在上面的引文中，我对一些有所改动的词做了下划线的强调标记，这不是作者加缪的原创，而是我为了理解和欣赏的需要故意加上去的，目的没有别的，就是为了让读者好好地看一看，格朗（这里，应该是作者追求完美文风的化身）是如何写得越来越简单，越来越平实的。用格朗曾经说过的话来总结，就是："我把形容词全部划掉了"。

即便如此，到最后，格朗似乎依然不满意，身体已经十分虚弱的他突然对医生说："把它烧掉！"见医生还在犹豫不决，格朗又重复了他的命令，而且其表情是那样地"严厉"，又是那样地"痛苦"，于是，里厄医生"只得把这些稿纸扔到快要熄灭的炉子里去。房间里很快就亮了起来，一阵短暂的燃烧使屋子里略添暖意"。

这个场景，让我们不禁回想起了曹雪芹名著《红楼梦》中的"黛玉焚稿"那一段（见第九十七回"林黛玉焚稿断痴情，薛宝钗出闺成大礼"，后人多认为是高鹗所续)。人之将死,其言也善,要与往昔告别,要去追求更为理想的境界。俗世中达不到它,也只有去天国追求了。

这个场景,也让我们联想到那位"布拉格德语作家"卡夫卡在遗嘱中要求挚友马克斯·勃罗德把他的作品全都焚烧掉。

黛玉焚稿之后,郁郁而死。马克斯·勃罗德很好地"背叛"了卡夫卡的遗嘱,则为世人留下了一份宝贵的文学遗产。

而在小说《鼠疫》中,在格朗这个小人物身上,作者加缪特地构思了一个奇迹。本来,里厄对他的朋友说过,格朗"过不了今夜就会死去",但是,就在焚稿之后,奇迹发生了:"第二天早晨,里厄发现格朗已经坐在床上和塔鲁说话。高烧已退,现在只剩下全身无力的症状了。"再后来,到了晚上,病人"已脱离险境了",又过了一天,格朗竟然恢复了常态。

对这一起死回生的奇迹,连里厄医生都无法理解,而我们猜想,大概是病人在写作上彻底丢掉所有幻想之后一身轻松所带来的"特效后果"吧。

格朗的起死回生,也带来了他对那个句子的新的认识——"美丽,美丽,这个词不确切",让他对修改句子又产生了信心。当然,我们对此也可以理解成,这是他对重设了目标的人生又恢复了信心。那,当然是一种新的信心。

对"反复修改句子"这个插曲故事在小说中的设置,我们似乎可以理解为,主人公(作者)是在追求一种文风,一种"真善美"的思维交流方式,这是加缪的美学追求,但是,从另一个角度来看,格朗对一个繁杂句子中所有形容词的删去,是不是也可以被看作是作者试图以最直截了当的方式说出一种真相呢?换句话说,是不是可以把格朗对这一句子的修改,看成作者加缪对"说出真相"方式的苦苦追求呢?我认为是这样的。

欣赏

如同上文中分析《局外人》那样,让我们先来看看

《鼠疫》的开头和结尾。

《鼠疫》的第一段如下:

Les curieux événements qui font le sujet de cette chronique se sont produits en 194., *à Oran. De l'avis général*,*ils n'y étaient pas à leur place*,*sortant un peu de l'ordinaire. À première vue*,*Oran est*,*en effet*,*une ville ordinaire et rien de plus qu'une préfecture française de la côte algérienne.*

在此提供两种译文:

故事的题材取自四十年代的某一年在奥兰城发生的一些罕见的事情。以通常的眼光来看,这些不太寻常的事情发生得颇不是地方。乍看起来,奥兰只不过是一座平淡无奇的城市,只不过是法属阿尔及利亚沿海的一个省城而已。

(顾方济、徐志仁译)

3 人性中那些从未消失的邪恶

构成此编年史主题的奇特事件于194…年发生在阿赫兰。普遍的意见认为,事件不合常规,有点离谱。乍一看,阿赫兰的确是一座平常的城市,是阿尔及利亚滨海的法属省省会,如此而已。

(刘方译)

我们的理解:这是一个"寓言",它可以发生在世界上的任何一个地方。

加缪笔下的奥兰,其实就跟世界各地千千万万的城市乡镇一样。当然,也跟我们中国的城市一样。

在平时:"那里的市民很勤劳,但目的不过是为了发财。他们对于经商特别感兴趣,用他们的话来说,最要紧的事是做生意。"

对未来,奥兰的市民有着美好的憧憬。里厄医生送妻子去外地疗养的时候,对她说:"你回来时,一切会变得更好。我们会有一个新的开端。"而她,则眼睛里闪着希望的光,说道:"对,我们会有一个新的开端。"

而对鼠疫,奥兰的市民也跟世界各地的善良人们一样,始终浑浑噩噩。因为,天灾也好,人祸也好,都是人间常事,然而,一旦切切实实地落到自己的头上,人们往往会一下子难以相信其真实性,仿佛只有发生在别处的灾难才是"正常"的灾难,而唯有落到自己头上的灾难却是"灭顶之灾"。

我们知道,世上曾发生过无数次瘟疫,也有过无数次战争,而在每一次瘟疫和战争面前,人们总是会同样地不知所措。《鼠疫》中里厄医生也和我们曾经经历过各种各样瘟疫的人们一样,一点儿精神准备也没有。因此,在读《鼠疫》时,我这样的读者会理解"里厄医生们"为什么犹豫不定,也会理解为什么他们竟有那种既是担忧又有信心的矛盾心理。

盲目地相信,因为人的善良而鼠疫不会发生,这是迷信,也是愚昧,更是自欺欺人。如果这样,人们就不会警惕,也就不能预防未来发生的同类瘟疫,即人们已经经历过的那一类瘟疫。

一开始,与格朗这位公务员接触之后,里厄医生有过一种"愚蠢的"印象:"他怎么也不会相信,有了那么简朴奉公、连癖好也是无可指责的公务员,这座城市竟会遭到鼠疫横祸。说实在话,他无法想象这样一些癖好竟然会出现在鼠疫横行的环境中,所以他认为鼠疫实际上不会在我们的居民中蔓延开去。"里厄医生的这种感觉,颇有些十八世纪伏尔泰的众多同时代人当年面对里斯本大地震时的那种震惊[①]。

《鼠疫》中有这样的一种寓言描写:"雅典受鼠疫袭击时连鸟儿都飞得无影无踪;中国受灾的城市里尽是默不作声的垂死的病人;马赛的苦役犯把血淋淋的尸体堆入洞穴里;普罗旺斯省为了阻挡鼠疫的狂肆而筑起了高墙;雅法城里丑恶的乞丐;君士坦丁堡的医院里,硬泥地上潮湿而腐烂的床铺;用钩子把病人拖出来的景象;黑死病猖獗时到处都是戴口罩的医生,就像过着狂欢节

---

① 参看我们上文中提及的伏尔泰的哲理诗《里斯本的灾难》。

一样;米兰墓地里成堆的尚未断气的人;惊恐的伦敦城里一车车的死尸,以及日日夜夜、四处不停地传来的呼号声。"

但是,知道这一切的奥兰人一开始依然根本没有对"他们的鼠疫"予以重视。

读过了小说的第一段,我们再来看它的最后一段:

Écoutant, en effet, les cris d'allégresse qui montaient de la ville, Rieux se souvenait que cette allégresse était toujours menacée. Car il savait ce que cette foule en joie ignorait, et qu'on peut lire dans les livres, que le bacille de la peste ne meurt ni ne disparaît jamais, qu'il peut rester pendant des dizaines d'années endormi dans les meubles et le linge, qu'il attend patiemment dans les chambres, les caves, les malles, les mouchoirs et les paperasses, et que, peut-être, le jour viendrait où, pour le malheur et l'enseignement des hommes，*la peste réveillerait ses rats et les enverrait mourir dans une cité heureuse.*

译文选的还是这两种：

里厄倾听着城中震天的欢呼声，心中却沉思着：威胁着欢乐的东西始终存在，因为这些兴高采烈的人群所看不到的东西，他却一目了然。他知道，人们能够在书中看到这样的话：鼠疫杆菌永远不死不灭，它能沉睡在家具和衣服中历时几十年，它能在房间、地窖、皮箱、手帕和废纸堆中耐心地潜伏守候，也许有朝一日，人们又遭厄运，或是再来上一次教训，瘟神会再度发动它的鼠群，驱使它们选中某一座幸福的城市作为它们的葬身之地。

（顾方济、徐志仁译）

在倾听城里传来的欢呼声时，里厄也在回想往事，他认定，这样的普天同乐始终在受到威胁，因为欢乐的人群一无所知的事，他却明镜在心；据医书所载，鼠疫杆菌永远不会死绝，也不会消失，它们能在家具、衣被中存活几十年；在房间、地窖、旅行箱、手帕和废纸里耐心等待。也许有一天，鼠疫会再度唤醒它的鼠群，让它们葬身于某座幸福的城市，使人们再罹祸患，重新吸取教训。

（刘方译）

我们的理解：这是加缪给世人的一番"预言"，他警告我们，这样的"鼠疫"还会发生在世界上的任何一个地方，发生在如今和未来的任何一个时刻。

其实，当我们忘记了在面对"鼠疫"（种种瘟疫、战争、灾难）时我们曾经团结一致地抵抗过，当我们不再对"鼠疫"的发生保持警惕，当我们重又浑浑噩噩地沉湎于物质的享受，不求精神的纯洁，当我们只顾安于现状，只顾维持固有的价值标准，不再追求真理，认识真理，那我们就离新的"鼠疫"暴发已经不远了！

善良的人们，往往也是善忘的人们。

在加缪的笔下,鼠疫一结束,恐怖一过去,人们就把它忘却了。人们"不顾明显的事实,不慌不忙地否认我们曾在这样的荒谬世界中生活过,在那里,杀死一个人如同杀死几只苍蝇那样,已成为家常便饭"。而对这些"记吃不记打"的俗人们,"鼠疫"还是会卷土重来的。

《鼠疫》最后的那一段话,尤其是这句"也许有朝一日,人们又遭厄运,或是再来上一次教训,瘟神会再度发动它的鼠群,驱使它们选中某一座幸福的城市作为它们的葬身之地",也使我们不由得联想到《圣经·旧约·传道书》(1:9)中的那一句:"已有的事,后必再有;已行的事,后必再行。日光之下,并无新事。"是啊,"太阳底下无新事"。但人们总会忘却似曾相识的罪恶,直到被再次惊醒。

善良的人们,你们要警惕啊!

另外,小说中,还有一些段落给人留下了深刻印象,其中有一段描写鼠疫小患者所忍受的痛苦,以及他的垂死

挣扎:

　　孩子的身体突然变得僵直起来,接着又咬紧牙关,身体有点弯成弓形,四肢渐渐分开。从盖着军用毛毯的赤条条的小身体上,散发出一股羊毛和汗臭混杂在一起的气味。病孩的肌肉渐渐松弛下来了,他的两臂和两腿也向床中央收拢,他始终闭着眼,不声不响,呼吸显得更加急促。

　　[……]

　　这时病孩的胃好像被咬了似的,他的身体又重新弓起来,口里发出尖细的呻吟声。有好几秒钟,他的身体就这样地弯成弓形,一阵阵寒战和痉挛使得他全身抖动,好像他那脆弱的骨架被鼠疫的狂风刮得直不起来,被连续不断的高烧袭击得断裂开来。狂风一过,他又稍稍松弛了一点,热度好像退了,他就像被遗弃在潮湿而又发臭的沙滩上,微微喘息,暂时的憩息已像进入了长眠。当灼热的浪潮第三次向他扑来,使他有点颤动的时候,他就蜷缩成一团,在高烧的威胁下,他退缩到里床,发狂似的摇晃着脑袋,掀掉被子。大颗大颗的眼泪从红肿的眼皮底下涌出,开始沿着铅灰色的脸往下流去。经过这阵发作之后,孩子已筋疲力尽,他蜷缩着他那瘦骨嶙峋的两腿和那两只在四十八小时内瘦得像劈柴的胳膊。在这张被弄得不成样子的床上,他摆出了一个怪诞的、像钉在十字架上的姿势。

与之相反,一些欢乐情景的描写,同样也给人以深刻印象。最动人的一段,应该就是塔鲁和里厄去港口附近的海上游泳的经历。那是奥兰城的疫情即将结束前的十一月底,塔鲁和里厄相约去了海边,在互相倾吐了肺腑之言后,他们一起跃入了大海,尽兴地游泳,尽情地享受着人生的幸福:

大海在防波堤的巨大石基下轻声吼鸣。当他们登堤时,万顷波涛就展现在他们的眼前,海面像丝绒那样厚实，又像兽毛那样柔软光滑。他们在面向大海的岩石上坐下。海水以缓慢的节奏冲上来又退下去。大海的起伏像人的呼吸一样平静，亮晶晶的反光在水面上时隐时现。在他们面前，展现着一幅漫无边际的夜景。里厄用手抚摸着凹凸不平的岩石，一种奇异的幸福感充满了他的周身。

4
从《局外人》到《鼠疫》

读通了《局外人》和《鼠疫》,
差不多也就把加缪的作品都打通了。

在《鼠疫》第一部的最后几页中,作者提到格朗听一个女烟商谈到新近轰动阿尔及尔的一个罪犯落网的消息。"这是一件涉及一个年轻的商店职员在海滩上杀死一名阿拉伯人的案件。"当时,那个女烟商咬牙切齿地说:"要把这些败类都关起来,才能让好人松口气。"

这,大概是作者加缪故意透露的《局外人》与《鼠疫》之间互文性的一个例子。

至于这两部小说内在的关联,则实在是太多了。

"存在主义"精神

记得我上大学的时候,还是二十世纪的七十年代末和八十年代初，讲法国文学课的老师会把加缪和萨特混在一起分析讲解，谈论他们的存在主义思想。确实，国外也有一些批评家认为加缪的哲学思想可以归纳为某种存在主义。当然，加缪本人是很不情愿人家把他归类于存在主义者的。

不过，无论把加缪看成存在主义者与否，都没有关系。我们不妨先不下结论，而是仔细地看一看，存在主义的哲学与文学跟加缪到底有些什么关系，有多大的关系。

我们知道，存在主义是一种哲学思潮，产生于西方，流行于全球。在各种公认的存在主义思想之间，实际上还存在着尖锐的矛盾。

简单而言，存在主义的重大主题为个人对于存在的恐惧、荒诞的感受；它反映人在面对世界时所感到的一种情绪：孤立无援、个人承担无意义的荒谬世界而没有尽头、个人处于一种"被抛弃"的境地。换句话说：世界（宇宙）是巨大而又混乱的存在，人莫名其妙地投身在其中，人的存在本身无足轻重，人不能控制自己的命运。

加缪在其论著《西西弗神话》中说过,我们每个人都是西西弗,差别只在是否认识到了这一点:"起床,电车,四小时办公室或工厂的工作,吃饭,电车,四小时的工作,吃饭,睡觉,星期一,星期二,星期三,星期四,星期五,星期六,大部分的日子一天接一天按照同样的节奏周而复始地流逝。可是某一天,'为什么'的问题浮现在了人的意识中,一切就都从这略带惊奇的厌倦中开始了。'开始',这是至关重要的。厌倦产生在机械麻木的生活之后,但它开启了意识的运动。"就这样,人突然发现自己是个"局外人",或者换句话说,毫无光彩的人生的每一天都很愚蠢地隶属于下一天,时间也就成了我们的死敌,因为它使得人的努力成为泡影。

加缪的作品让读者认识到,我们差不多全都是西西弗,差不多全都是默尔索。西西弗意识到推石上山行为的荒诞,但他依然不停地推石。默尔索意识到自己是个局外人,但他拒绝谎言。这样的人物无疑是存在主义的人物,这样的作品也正是以存在主义的哲理思考的方式表现了荒诞的存在。故而，我认为，把加缪看作存在主义者并没有什么错，尽管加缪反对别人给他加上存在主义标签。

两个系列——西西弗神话与普罗米修斯神话

我在此再重复一下，在法国的批评界看来，加缪的著作按其哲学思想的两条不同道路，可排列成两个系列：荒诞和反抗。

其一是"荒诞"（absurde）的思想，在《西西弗神话》中得到阐述，在小说《局外人》、剧本《卡利古拉》和《误会》中得到进一步发挥。而按照神话母题来归类，则可以概括为"西西弗神话"（Mythe de Sisyphe）系列。

其二是关于"反抗"（révolte）的人道主义，则体现在小说《鼠疫》、剧本《戒严》和《正义者》之中，最后在论著《反抗者》中表现得更强烈。而按照神话母题来归类，这个系列则可以概括为"普罗米修斯神话"（Mythe de Prométhée）系列。

现在，让我们简述一下这两个神话。

西西弗神话

根据荷马史诗，西西弗（Sisyphe，又译西西弗斯，或希绪弗斯）是人间最足智多谋的人，他是科林斯的建城者和国王。当主神宙斯（Zeus）掳走河神伊索普斯（Aesopus）的女儿伊琴娜（Aegina）后，河神曾到科林斯找寻自己的女儿，而知悉此事的西西弗以要求得到一条四季常流的河川供水作为交换条件，告知了河神此事的真相。由于泄露了宙斯的秘密，宙斯便派出死神要将西西弗押下地狱。没想到西西弗却用计绑架了死神，导致人间长久都没有人死去。一直到死神被救出为止，西西弗才被打入冥界。

前往冥界之前，西西弗嘱咐妻子墨洛珀（Merope）不要埋葬他的尸体。到了冥界后，西西弗告诉冥后帕尔塞福涅（Persephone），一个没有被埋葬的人是没有资格待在冥界的,并请求给予他三天时间,他要告假还阳,处理自己的后事。不料,返回到人间的西西弗一看到美丽的大地就赖着不走,不想回冥府去了。

于是,宙斯和诸神惩罚西西弗,要求他把一块巨石推上山,这块石头是如此沉重,以至于西西弗要拼尽全力,才能够把大石头推上非常陡的山,而推到山顶后,他必须朝边上迈出一步,眼睁睁地看着这块大石头滚到山脚下面。然后,他得重新再把大石头推上山去,如此重复,循环无穷。

就这样,西西弗不得不永无休止地重复这个毫无意义的动作,从事这项毫无结果的劳役。诸神认为,世界上没有什么比这种无意义的劳动更残酷的惩罚了。因为,西西弗的生命就将在这样一项无效又无望的劳作当中慢慢地消耗殆尽。

不过,加缪在《西西弗神话》(*Le Mythe de Sisyphe*)中宣布,西西弗是幸福的。加缪这样表达了他的思想:"西西弗无声的全部快乐就在于:他的命运是属于他的。

他的岩石是他的事情。同样，当荒谬的人深思他的痛苦时，他就使一切偶像哑然失声。荒谬的人知道，他是自己生活的主人。"

西西弗是幸福的，正如默尔索是幸福的那样。他们俩都是"局外人"。而"局内人"，在《西西弗神话》中是具有万能的惩罚力量的诸神；在《局外人》中，则是社会司法的代表，那些法官、检察官、律师，当然还有那个以指导人们思想为使命的神甫。

局外人与世界的矛盾（或曰冲突）往往是出乎那些局内人的意料的。他们没有痛苦的感觉，从哲理上，他们没有把世界的种种先于存在的规定看成自身存在的一部分，因而，他们跟世界并没有真正意义上的冲突与争斗。默尔索只管自己自言自语（当然，他拒绝撒谎，这是他的底线），而西西弗则只管自己推石上山，一次又一次，往复无穷。默尔索在生命之末尾"面对着充满信息和星斗的夜，第一次向这个世界的动人的冷漠敞开了心扉"；而西西弗，则始终向着高处而去，他站在高山上，站在太阳的中心，向着太阳的方向：他是幸福的。

普罗米修斯神话

在希腊神话中，普罗米修斯（Prométhée）是最具智慧的神明之一，也是最早的泰坦巨神的后代，其名有"先见之明"的意思。他是巨人伊阿珀托斯（Japet，地母盖亚与乌拉诺斯所生的儿子）与女神克吕墨涅（Clyméné）的儿子，他创造了人类，给人类带来了火，还教会了他们许多知识和技能。

普罗米修斯知道天神的种子蕴藏在泥土中，就用河水把泥土沾湿调和起来，按照天神的模样捏成人形。为了给这泥人以生命，他从动物的灵魂中摄取了善与恶两种性格，将它们封进人的胸膛里。

希腊神话中的普罗米修斯就跟中国神话中的女娲一样，不仅造了人，还抚养教育着人类。普罗米修斯教会了人类观察日月星辰的升起和降落；为他们发明了数字和文字，让他们懂得计算和用语言文字交换思想；他还教他们驾驭牲口，来分担他们的劳动。他发明了船和帆，让他们在海上航行。他关心人类生活中其他的一切活动。例如，他教会他们调制药剂来防治各种疾病。另外，还教会他们占卜，圆梦，解释鸟的飞翔和祭祀显示的各种征兆。

普罗米修斯曾运用其智慧来蒙骗宙斯。受骗的宙斯决定报复普罗米修斯。他拒绝向人类提供生活必需的火。为帮人类获得火，普罗米修斯想出了巧计。他拿来一根又粗又长的茴香秆，扛着它走近驰来的太阳车，将茴香秆伸到它的火焰里点燃，然后带着闪烁的火种回到地上，很快，第一堆木柴燃烧了起来，并越烧越旺。宙斯见人间升起了火焰，大发雷霆，眼看已无法把火从人类那儿夺走了，便想出了新的灾难来惩罚人类。

于是，宙斯向普罗米修斯本人报复，把他交到火神赫淮斯托斯和两名仆人的手里，这两名外号"强力"和"暴力"的仆人用牢固的铁链把普罗米修斯锁在高加索山上。普罗米修斯被迫直挺挺地吊在悬崖绝壁上，无法入睡，无法弯曲一下疲惫的双膝。宙斯还每天派一只恶鹰去啄食被缚的普罗米修斯的肝脏。肝脏被吃掉多少，很快又恢复原状。这种痛苦的折磨他不得不忍受。

后来，英雄赫拉克勒斯为寻找赫斯珀里得斯来到高加索山上，看到恶鹰在啄食可怜的普罗米修斯的肝脏，便取出弓箭，把恶鹰射落。然后他松开锁链，解放了普罗米修斯。但是，宙斯的判决依然有效，普罗米修斯必须永远戴一只铁环，环上镶有一块高加索山的石子。这样，宙斯可以自豪地宣称，他的仇敌仍然被锁在高加索山的悬崖上。

普罗米修斯就是人类精神的象征。古希腊悲剧家埃斯库罗斯写过《被缚的普罗米修斯》（加缪曾在青年时代改编过这出剧），后来，英国的雪莱写过《解放了的普罗米修斯》，盛赞普罗米修斯的人文精神。我记得，当年，鲁迅先生也曾十分推崇和敬仰这种"摩罗"精神，他认为，对外国文学的译介应该采取拿来主义的态度，就像普罗米修斯偷天火给人类一样，是为反抗的奴隶贩运军火，是给当时的中国知识界运输精神食粮，鼓舞革命者的士气。

再回来说加缪，普罗米修斯神话在加缪这里也是反抗神话的代名词：反抗天命，争取自由。

加缪自己写过一篇小文《地狱中的普罗米修斯》(1946)，在文中，加缪这样写道："普罗米修斯，他是这样的英雄，出于对人类相当的爱，同时给人间带来了火与自由、技术与艺术。而在今天，人类只需要、只在乎技术。人类在他们的机器中反叛，把艺术和艺术的设想视为一种障碍，一种奴役的符号。而普罗米修斯的独特之处正好相反，他不肯让机器与艺术分离，他认为灵与肉可以同时获得自由。[……]在历史最黑暗的中心，普罗米修斯式的人将会不停地履行艰巨的使命，睁开眼睛，守护着大地，守护着生生不息的小草。被镣铐缚住的英雄在诸神的雷霆霹雳下，默默保持着对人类的信心。正因如此，他才比脚下的岩石更坚硬，比啄食他肝脏的秃鹰更耐心。而对我们来说，他的倔强执着比他对诸神的反抗更有意义。而且，他的这种对什么都不弃不舍的坚定意志实在令人赞赏，这意志始终就在调和着，并将永远地去调和人类的痛苦心灵与世界的一个又一个春天。"（笔者译）

在加缪的小说《鼠疫》和剧本《戒严》中，普罗米修斯的神话被赋予了现代人的血肉与精神。在人道主义的反抗的号角中，作者和读者会让沉睡的神话不至消亡，让英雄的神话代代相传。

从逻辑推理上看，加缪作品"普罗米修斯神话"的第二系列的积极意义要高于"西西弗神话"的第一系列，它是在第一系列的基础上实现的。它走过了这样一条认识与行动的轨迹：生存（客体）——荒诞（本质）——意识（主体）——行动（选择）——反抗（人道）。

为什么要反抗——反抗的理由

早在《西西弗神话》中，加缪就把反抗和意识荒诞的问题提了出来，而在《鼠疫》中，这种反抗思想变得更坚定了。

加缪说过："反抗是人类与自己的愚昧永久的对抗，

每一秒,它都提出对世界的疑问[……]反抗不是渴望,它不抱希望,这种反抗只不过是相信命运的不可抵抗,而丝毫没有可能而来的屈服。"

诸神惩罚西西弗不停地推石上山,而后,石头到了山顶后会由于自身的重量而重新滚落。他们不无道理地认为,世界上不会有比这毫无希望的劳役更可怕的惩罚了。而加缪通过回顾这样一个蔑视诸神、痛恨死亡、酷爱生活、甘受这种终生无望地消耗其中的刑罚的传说人物,把西西弗视作荒诞的英雄。西西弗的反抗是他对世界的认识方式,每一次从山顶上下来时,西西弗赋予自己以反抗、自由和激情,在意识到努力的徒劳却不放弃这种努力的时候,他使自己变得高于惩罚他的诸神。西西弗把握了自己的命运,在斗争中体现了自己的高贵,在没有主人的世界中赢得了人类可达到的唯一一种幸福。

小说《鼠疫》中的情况正是这样。奥兰城的居民本来都很勤劳,对经商特别感兴趣,只想做生意,只想发财。他们也有一般人的生活乐趣和享受,但除了日常生活之外，他们是不考虑什么其他事的。

但是瘟疫来了，死神给予人们平等机会（不过，平等的死亡不是公正），痛苦折磨着男女老幼。人们感到威胁，慌乱，惊恐。过去的生活秩序被打乱了，人们开始考虑一些事。在灾难面前无非有两种选择，是忍受，还是反抗？要么像帕纳卢神甫第一次布道中表示的那样："不管景象多么可怖，垂死者的悲号多么凄惨，人们都应向上帝倾诉虔诚教徒的爱，其余的事，上帝自会安排。"要么像里厄、塔鲁等人一样，行使医生的职责，推迟死亡，减少痛苦。

《鼠疫》中的主人公意识到他们处于鼠疫的魔爪下无法逃脱，既不求救于上帝，也不束手待擒，而是把命运紧紧握在自己手中，起来反抗。在作者看来，正是这一反抗意识激起了人的智慧与勇敢，跟残酷的现实搏斗，给予生活以价值和伟大崇高之处。

加缪在小说《鼠疫》中要表现的，是逼人至死亡的瘟疫和人在死神的淫威前被迫的反抗。正因有瘟疫，人才反抗。为了向读者展现这个可怕的环境，作者细致描写了病人血淋淋的淋巴,孩子令人心碎的抽搐和呼叫,焚尸炉奇臭的浓烟,万人坑中股骨相枕的死尸……

很明显,这时候,最人道的行动,就是选择反抗。因为,"当人们认清了在这样一种秩序下,一个人的个人东西被否认,不再属于他,而成为一个所谓的'公共东西',其他人,甚至侮辱和迫害他的人,都可以得到一份共同财产时,他的反抗是为了一切人的"。

我反抗我存在——反抗的意义

《局外人》的主人公默尔索冷漠,近乎麻木不仁,始终抱着局外人的态度。但他已经认识到一切都是荒谬的,可以说,他处于一种"无言的反抗"中。

《鼠疫》中的里厄医生则不一样,他虽有时感到孤单,但他清晰地认识到自己的责任是同病菌作斗争,他看到爱情、友谊、母爱给人生带来幸福,他不是孤军作战,他认为只有通过一些道德高尚、富于自我牺牲精神的人的共同努力，才能反抗肆无忌惮的瘟神，世界才有一线希望。

比较一下这两个主人公，就可以看出，默尔索是以反抗来表现自己的价值，里厄的反抗则表现出整个人类的尊严，其中包括集体主义的力量。

加缪对自己这篇小说的评价是肯定的："与《局外人》相比，《鼠疫》标志着［……］从孤立的反抗态度转变到承认集体力量，要进行集体的斗争。如果说从《局外人》到《鼠疫》有着变化，那么这个变化是在团结和与闻其事的意义上实现的。"这是"人们所能想象的关于人同恶势力作斗争，以及最终使有正义感的人起来反对现存生活，并同人们和自我作斗争的最激动人心的神话之一"。

可见，加缪在《鼠疫》中表现的哲学不再是悲观失望，而是积极行动，是团结，是斗争。我们记得，里厄医生在谈到与帕纳卢神甫的意见分歧时说过："我对爱有另一种观念，我至死也不会去爱这个使孩子们惨遭折磨的上帝的创造物。"在这里，主人公毫无顾忌地抡起棍棒向上帝打去，否定上帝是命运的主宰，宣传自己亲自动手就能消灭鼠疫的道理。通过里厄医生等人物之口,加缪一方面承认了人们生存条件的荒诞,另一方面又大声疾呼,让人们团结起来,不要无动于衷,而要积极行动,自己拯救自己。小说中反抗者的群像构成了人类的尊严,团结的力量。这里,集体的反抗代替了个人的反抗(如默尔索),这种反抗体现了人道主义,它解释了同情心、团结和为他人服务。

我认为,小说的主题意义也就在于此。这一主题充分体现了作者思想的一个重大变化。

加缪的这种思想与他本人的社会实践是分不开的,在写作《局外人》的时候,他就已成为了法国抵抗运动的一个积极战士,而在战后,他更是在自己主编的《战斗报》上发表了一系列论文,宣扬勇敢、睿智和正视现实的胆识。当年他笔下的局外人默尔索与社会格格不入,本想追索更好的命运,却茫无所向。而战后,他的思想也发生了一些变化,他说:"为精神痛苦而哭泣是徒劳无益的,必须为它而奋斗。"也正是在这一时期,他才最终完成了

《鼠疫》这样的不朽杰作。

忠实于反抗本身——反抗的局限

加缪的反抗思想其实还有其另一面。他提出"忠诚于反抗本身",他认为,"对人类来说,存在着一种与他们水平一致的思想与行为,一切过分的举止都会陷于矛盾中,绝对是达不到的,尤其不能在历史上创造出来"。所以,他坚持反抗要忠诚于本身之高贵,不应该由于疲惫和疯狂,遗忘了它的崇高职责而陶醉于暴政与奴役之中。

作者通过人物塔鲁之口,表达了他的这种思想。塔鲁年轻时出席过一次法庭审讯,他的父亲作为代理检察长曾在法庭上以社会的名义要求判处一个被告死刑,而年轻的塔鲁则深深地可怜那个像猫头鹰一样胆战心惊的被告。他当时简单地认为,社会就是建筑在死刑基础上的,他必须与这样的社会、与这样的谋杀作斗争。于是,他离家参加了充满政治色彩的革命斗争,一开始,他赞同这样的观点:"为了实现一个再也没有人杀人的世界,偶尔判人死刑也是必须的。"但是在一次目睹刑场的惨景之后,他的观点动摇了。他感到,在漫长岁月里,自己满以为是在与鼠疫作斗争,其实,自己一直就是个鼠疫患者,因为他间接赞同了千万个人的死亡,因为他赞成最终导致死亡的一切行为原则。塔鲁终于认识到:欺骗、骄傲、憎恨、暴虐都是"内部的鼠疫",它像吞噬肉体的灾难一样,在感染着人,应该以不懈的斗争为代价,制止这种可怕的传染。

在这里,加缪实际上提出了杀人作为一种政治斗争手段是否合理的问题。他后来在论著《反抗者》中特别地思考了这一问题,他认为,反抗一旦超过了限度,导致新的屠杀,就违反了人道主义。

加缪曾痛斥希特勒纳粹主义者灭绝人性的恐怖,他们把屠杀说成是复仇和强者的法律。加缪也同样气愤地反对所谓的"合理恐怖",即为了实现一个人民幸福,不再有恐怖的社会而采取的革命暴力。在他看来,怎么可能接受赞成暂时消灭人的价值而使这种价值在将来得到尊重这样一种纯粹的预言呢？正是这种有限度的反抗，纯粹的反抗，"人道主义"的反抗，使塔鲁找不出寻找内心安宁的道路。

面对不合理的社会，屈膝忍受只能加重痛苦，加速死亡，起来反抗又容易导致生灵涂炭。作者的"人道主义"无形中多少束缚了反抗者的手脚。塔鲁也只能在死神那里寻求他的安宁。也正是在这一点上，一度参加过法国共产党的加缪，断绝了同共产主义者的关系，甚至跟一度被视为同志的萨特也闹翻了。

《鼠疫》中，塔鲁始终纠结于渴望无罪、纯洁、博爱的心情，他总想成为"不信神"的圣者。而这种思想在里厄医生的眼中则显得不免有些过分，里厄以"真正的医生"的行为，拯救着人们的肉体，减轻着人们精神上的痛苦。他的抱负只是"做好一个人"。

但是，要做好一个人，就不如做一个"圣者"那么难吗？这是加缪提出的问题，也是读者应该思考的问题。

在塔鲁与里厄的这种关系中，读者隐约也看到了加缪与萨特之间矛盾的阴影。

走向人道主义

加缪跟萨特、跟当时很多的革命者不同,他最终走向的是人道主义。

这是一条在基督教和马克思主义之外的人道主义的自由道路。

自始至终,加缪思想的核心一直就是人道主义,人的尊严问题从根本上始终缠绕着他的创作、生活和政治斗争。

在写于德国占领时期的《致一位德国友人的信》中,加缪明确表示反对他所虚构的"德国老朋友"的理论,那位友人以"一切都是允许的"为借口,替希特勒的武力征服政策辩解,加缪则在第四封信(写于1944年七月)中批驳他道:"为了保持对大地上人世的忠诚,我选择了正义。我一直相信,这一世界并没有什么超凡的意义,但我知道，世界上有某种东西是有意义的，那就是人，因为，人是唯一需要生而有意义的生存物。"这种态度，在小说《鼠疫》中通过一些人物的言行，表现得十分明确，而在《反抗者》中则得到了更深的哲理上的解释。

反抗的人是幸福的

《西西弗神话》和《局外人》构成了加缪文学创作的一大母题，包含着加缪后来作品的核心问题。借西西弗的被罚永远推滚石上山，借默尔索的拒绝撒谎，拒绝贪生，加缪提出自己的"幸福假设"的第一步：人生之本质，不在荒诞，因为荒诞不能告诉我们何谓幸福及不幸；西西弗之所以是幸福的，是因为他认为自己认识到了世界的荒诞，认清了自己的命运，坚持默默推石上山，这样做才符合人的尊严，这样的生活才算是幸福的。

而《鼠疫》和《反抗者》则构成了加缪文学创作的另一大母题。借由里厄医生"只做医生"的行为，借由这种有限度的反抗，加缪提出了自己的"幸福假设"的第二步：人生之意义，不仅在认识荒诞，而且还在选择反抗的道路，像里厄这样的人"不能够又成为圣贤，又拒绝接受灾难"，他这样的人只能"努力做好医生"。而做好了医生，他就是幸福的。

让我们来看一看加缪这两个系列中几个"幸福"（heureux）的人：

西西弗是幸福的：

> 我让西西弗留在了山脚下！人们总能看得见他的负荷。但是，西西弗教给了我们至高无上的忠诚，它就是否认诸神，并且推举岩石。他还认定一切皆善良。这个从此没有主宰的宇宙对于他既不像瘠田，也不像沃土。这块石头上的每一个颗粒，这黑暗笼罩的高山上的每一粒矿砂，都只对西西弗一个人形成为一个世界。他攀上山顶所要进行的斗争本身，就足以充实一个人的心。应该认为，西西

弗是幸福的。(Il faut imaginer Sisyphe heureux.)

（笔者译）

《局外人》中的默尔索是幸福的：

> [……]我醒来的时候，发现满天星斗照在我的脸上。田野上的声音一直传到我的耳畔。夜的气味，土地的气味，海盐的气味，使我的两鬓感到清凉。这沉睡的夏夜的奇妙安静，像潮水一般浸透我的全身。[……]面对着充满信息和星斗的夜，我第一次向这个世界的动人的冷漠敞开了心扉。我体验到这个世界如此像我，如此友爱，我觉得我过去曾经是幸福的，我现在仍然是幸福的。(j'ai senti que j'avais été heureux, et que je l'étais encore.)

《鼠疫》中的塔鲁和里厄也曾感到过幸福，即便他们的心中还时时萦绕有这世界上的恶。以下这一段中有关大海的描写，我们在上文《鼠疫》的"欣赏"一节中已有引

用。我们在此重复一遍,只为再次强调,塔鲁和里厄这两个作者的代言人,确实感受到了某种幸福:

> 大海在防波堤的巨大石基下轻声吼鸣。当他们登堤时,万顷波涛就展现在他们的眼前,海面像丝绒那样厚实,又像兽毛那样柔软光滑。他们在面向大海的岩石上坐下。海水以缓慢的节奏冲上来又退下去。大海的起伏像人的呼吸一样平静,亮晶晶的反光在水面上时隐时现。在他们面前,展现着一幅漫无边际的夜景。里厄用手抚摸着凹凸不平的岩石,一种奇异的幸福感充满了他的周身(était plein d'un étrange bonheur)。他转向塔鲁,从他朋友的那张安详而严肃的脸上,猜测出塔鲁也有着相同的幸福感,但他也知道这种幸福感不能使塔鲁忘却任何事物,当然也不会忘却世上的杀戮。

而对里厄医生来说,辛勤工作之余的小小幸福,那也是有的:

一个人不能总是把弦绷得紧紧的，不能总是弄得那么紧张；全力以赴地跟鼠疫作斗争当然是应该的，但要是有这么一个感情奔放的时刻，让劲儿松弛一下，那是一件幸福的事情（c'est un bonheur）。

至此，我们可以为加缪的思想做一个小小的结论。

让我们站在加缪那样的高度上来看世界，那么，我们就会看到：人生存在世界上这件事本身就是荒诞的，人生是无意义的，面对世界不能抱任何希望；他的结论是要反抗，尽管反抗不能取得什么成功，但反抗就是一切；认识到了荒诞，并反抗了，人也就把握了人生的价值，取得了自由，享受了生活，感受到了幸福。

5

加缪的其他相关作品

《幸福的死亡》《误会》《卡利古拉》《戒严》《正义者》《反抗者》

在这里我们稍稍分析一下加缪的其他一些作品,为的是更好地理解它们与《局外人》以及《鼠疫》的内在关系。

我们说过,加缪荒诞系列的作品,有《西西弗神话》《卡利古拉》和《误会》。

对《西西弗神话》,上文已有简单介绍,而且,关于它的研究与分析,国内外发表的文字多如牛毛。故不在此赘述。

《误会》(1944)的主题略显艰涩而夸张,表现出某种精神剧的缺陷,而最能体现加缪荒诞哲学的戏剧无疑是《卡利古拉》(1938年开始写,1944年发表并上演)。

《幸福的死亡》

在这之前,不妨先提一下《幸福的死亡》(*La Mort heureuse*,也可翻译为《快乐的死》),这篇未完成的小说写的是一个患结核病的年轻人为获得自由而去谋杀的故事。

小说的主人公叫梅尔索(Mersault),读者自然能从这一人物的名字和行为中,看到《局外人》主人公"我"即默尔索(Meursault)的某种影子。小说以梅尔索对扎格尔的谋杀为主要情节,已经包含了《局外人》中的一些元素。后来的评价普遍认为,这部小说过于稚嫩,把握欠佳,预期目标过高,但内涵还是丰富的。

这部小说是加缪在 1936 年到 1938 年之间写的,改来改去,反复地写,最后,手稿还是被放弃了。所以,这部书稿在加缪生前未发表,1971 年才在《加缪札记》(*Les Cahiers Albert Camus*)的第一卷中与读者见面。

从某种程度上说,《幸福的死亡》是为《局外人》而作的准备。

而决定中止《幸福的死亡》的写作,另外写一部《局外人》的想法,应该产生于1938年的秋季,当时,加缪在自己的笔记本上已经写下了这样的几句话:"今天,妈妈死了。也许是昨天,我不知道。我收到养老院的一封电报,说:'母死。明日葬。专此通知。'这说明不了什么。可能是昨天死的。"而在四年之后,《局外人》出版的时候,读者会发现,这几句话一字不差地成为了小说的最开头。

《误会》

在小说《局外人》的第二部中,默尔索进了监狱,为了打发时间,他学会了回忆,例如回忆以前住过的房子,回想房间里的"每一件家具,每一件家具上的每一件东西,每一件东西的全部细小的地方,而那些细小的地方本身,还有镶嵌着什么啦,一道裂缝啦,一条有缺口的边啦,还有颜色和木头的纹理啦",他还学会了想象,"我从一个角落开始走,再回到原处,心里数着一路上所看到的东西"。这样的写作法似乎对阿兰·罗伯-格里耶之类的新小说家颇有些启迪,我们读到的阿兰·罗伯-格里耶《快照集》中几个短篇,大都是这样写的,例如其中《三个反射视象》中的"模特"篇和《舞台》。

除了睡觉、想女人,默尔索在监狱中的另一大活动,就是读报。而说到读报,小说中有这样的一个细节,请看加缪的详细描写:

在草褥子和床板之间,有一天我发现了一块旧报纸,几乎粘在布上,已经发黄透亮了。那上面有一则新闻,开头已经没有了,但看得出来事情是发生在捷克斯洛伐克。一个人离开捷克的一个农村,外出谋生。二十五年之后,他发了财,带着老婆和一个孩子回来了。他的母亲和他的妹妹在家乡开了个旅店。为了让她们吃一惊,他把老婆孩子放在另一个地方,自己到了他母亲的旅店里,他进去的时候,她没认出他来。他想开个玩笑,竟租了个房间,并亮出他的钱来。夜里,他母亲和他妹妹用大锤把他打死,偷了他的钱,把尸体扔进河里。第二天早晨,他妻子来了,无意中说出那旅客的姓名。母亲上吊,妹妹投了井。这段故事,我不知读了几千遍。一方面,这事不像真的,另一方面,却又很自然。无论如何,我觉得那个旅客有点自作自受,永远也不应该演戏。

细心的读者会发现,这个故事不是别的,就是加缪自己写的《误会》一剧的剧情。《误会》(*Le Malentendu*)是一出三幕剧,写于《局外人》之后,初稿成于1943年,作者题献为"献给队剧团的朋友们",1944年首演于马图兰剧院(Théâtre des Mathurins)。客观地说,《误会》的上演并不十分成功,剧作带有实验的成分,目的是想改造悲剧题材,但并没有达到预期的效果。

在此,我们不妨复述一遍《误会》的基本剧情,只为让读者对它与小说《局外人》中相关起源的说法有更深刻的了解：

旅店女主人和女儿商量着要把一个叫扬的单身顾客干掉，然后偷走他的钱，搬去海边生活，而这个单身顾客不是别人，正是女店主的儿子，二十年前离的家，他回来只想帮母亲与妹妹玛尔妲过上幸福的日子。扬跟母亲及妹妹见面时没有暴露自己的身份，而母亲和妹妹自然也不认识他了。第二幕时，扬对妹妹玛尔妲提到了海边的生活，却使她下定了干"杀人"之事的决心。玛尔妲送上有麻药的茶，让他喝下，而他睡着之后，她们便动手了……其实，在喝药茶之前，扬已经有些灰心，打算离开旅店，因为他觉得母亲开的这个旅店根本就不是家，他感到某种痛心。天亮之后，老仆人把扬的护照交给了女店主，母亲才知道自己"误会"中杀死了亲生儿子，后悔之中，她的母爱也被激了起来。她要去找儿子，去死，去过另一种生活。扬的妻子玛丽娅赶来找丈夫，玛尔妲就把实情告诉了她，并表示自己很恨扬，不肯饶恕他们。玛丽娅向上帝求救，请老仆人帮帮她，但是，老仆人坚定地回答她说:"不!"

在此,我们并不打算探讨《误会》的主题意义什么的,因为它再明显不过了,就是《局外人》中所体现的"荒诞人生"。我们只想在这里翻译几句人物的台词,来让读者看一看他们的所思所想:

玛尔妲:[……]多少晦暗的岁月使这个家渐渐冷落,同时也夺走了我们对别人同情的意趣,因此我要告诉你,你在这里不会得到丝毫亲密友情之类的东西。你能得到的只是我们始终为极少数旅客所特别保留的那种接待,可是,我们所保留的东西跟心灵的激情毫无共同之处。给你钥匙(**她把钥匙递给扬**),请别忘记这一点:我们接待你,是为了赚钱,心安理得,不动感情;我们留你久住,那也是为了赚钱,心安理得,不动感情。(第一幕第六场)

> **母亲**：[……]这个世界本身就没有道理可讲。我有资格这样说，因为从降生到毁灭，我可是什么滋味全都尝过了。（第三幕第一场）

> **玛尔妲**：[……]我这么对你说吧，我们全都受骗上当了。可生存的这一大声疾呼又有什么用呢？这灵魂的警报又有什么用呢？为什么要向大海和爱情发出召唤呢？这都是微不足道的啊。（第三幕第三场）
>
> （笔者译）

《卡利古拉》

另一个剧本《卡利古拉》（*Caligula*）可算是《误会》的姐妹篇，它开始写于1938年。1939年，因为战争，加缪取消了原定的希腊之行，同时也拒绝了一个临时的教职，用这段时间写了关于古罗马皇帝卡利古拉的戏剧的初稿。1945年9月，《卡利古拉》在艾贝尔托剧场首演，男主角卡利古拉由初露头角的音乐学院学生钱拉·菲利普扮演。演出本身很成功，前后演了两百多场①。后来，大名鼎鼎的钱拉·菲利普跟加缪也成了好朋友。

不过，评论界对《卡利古拉》褒贬不一，名作家亨利·特洛亚曾在杂志上撰文，批评这出剧仅仅只是"萨特的存在主义原则的说明"，加缪则不服，写信给报纸，反驳了这些攻击，强调他的思想与存在主义的不同。

《卡利古拉》是一出四幕剧。剧情简述如下：

年轻的罗马皇帝卡利古拉本来梦想成为一个公正不偏、通情达理的君王，但在其情人兼妹妹德露西娅死后就失踪了。贵族们在宫中等待了三天。三天后卡利古拉衣衫褴褛地回来了，已变得疯疯癫癫，精神失常。他突然发现这个世界是不可忍受的，人是要死的，没有幸福可言，而既然什么都是无意义的，他决定摆脱一切习惯法则，他要摘天上的月亮，求长生不老，要做人间办不到的事。整整

---

① 2001年，我曾在中国观看过加缪的这一出剧，剧名译作《卡里古拉》，那是北京独角兽戏剧工作室在青艺小剧场上演的。

三年中，卡利古拉在国内杀人父子，夺人妻女，无恶不作。而贵族们则在舍雷亚的宫中密谋，先让卡利古拉为所欲为，使他走入绝路，然后见机行事，把他除掉。

只因为梅雷亚喝了一口药水，卡利古拉就断定他是疑心自己要毒死他，是在喝解药。卡利古拉接着推理：要么卡利古拉根本不想杀梅雷亚，梅雷亚对下毒的怀疑是错的，这，便是疑君之罪；要么卡利古拉是真的想杀他，而他喝解药，是在违抗皇上的旨意。无论如何，梅雷亚犯的都是死罪。于是，卡利古拉就把梅雷亚杀了。年轻诗人西皮翁是卡利古拉的朋友，但他的父亲正是被卡利古拉杀死的，于是，他陷入了两种矛盾情感的夹击，对暴君的仇恨与对朋友的友情。卡利古拉与阴谋集团头子舍雷亚进行了坦率的交谈，卡利古拉始终没有杀他，反而让他走掉了。

舍雷亚劝西皮翁参与谋杀计划，但西皮翁拒绝了，反劝他去理解所有的一切。卡利古拉则继续反复地作弄那些贵族，而贵族却唯唯诺诺地不敢反抗，甚至还竞相拍马。卡利古拉没有得到月亮，连爱情也得不到满足，他深感自己有罪，因而十分痛苦。最终，谋反者冲进了皇宫，对卡利古拉下了手。但在临死之前，卡利古拉还在高喊："我还活着……"

在《卡利古拉》中，主人公卡利古拉扮演了一番命运的"游戏"，是要让人了解命运，不要逆来顺受。可是想谋害他的人，除了年轻诗人西皮翁，没有一个反抗者的动机是纯洁的。卡利古拉的死并不能唤醒世人。故而，作者加缪自己认为，这是一出悲剧，而不是哲理剧。

加缪自己有一句话，似乎可以概括这出剧的主题意义："卡利古拉忠于自己而不忠于别人，以死来换取一个明白：任何人都不可能单独拯救自我，也不可能得到反对所有人的自由。"

在此，我们同样提供几句台词，来看一看卡利古拉这个荒诞人物的精神面貌：

卡利古拉　［……］我掌管起一个王国，在这个王国里，不可能者为王。

卡索尼娅 让天空不成其为天空，让一张美丽的脸变丑，让一个人的心变得麻木不仁，这种事你办不到。

卡利古拉 （越来越激昂）我要让天空和大海浑然一体，要把美和丑混淆起来，要让痛苦迸发出笑声！

卡索尼娅 （站到他面前，哀求地）世上有好与坏，有伟大与卑下，也有正义和非正义之分。我敢肯定，这一切是不会改变的。

卡利古拉 （仍然冲动地）我就立志改变这种状况。我要将平等馈赠给本世纪。等到一切全被拉平了，不可能的事情终于在大地上实现，月亮到了我的手中，到了那时候，我本身也许就发生了变化，世界也随我而改变了，人终于不再死亡，他们将幸福地生活。（第一幕第十一场）

（李玉民译）

我们只要把《卡利古拉》与小说《局外人》比较一下，就会很容易地发现，卡利古拉几乎就是古罗马时代的一个"局外人",而默尔索则可被看成当代的卡利古拉。我们甚至会觉得,卡利古拉与自己妹妹德露西娅的乱伦,似乎可比《局外人》中默尔索与玛丽"不道德"的肉体之爱。而卡利古拉"不喜欢文人""不能容忍他们的谎言""讨厌假见证",恰如默尔索拒绝同那些过于世俗的人同流合污。而这两个人物似乎就是不同时代中的"精神双胞胎",只不过一个是古罗马的暴君,一个是现代社会的小职员。

加缪反抗系列的作品,则有论文集《反抗者》,剧本《戒严》和《正义者》。

《戒严》

三幕剧《戒严》(*L'État de siège*,又译为《围城状态》),是加缪众多的戏剧作品之一,写于1948年,正是小说《鼠疫》出版后的第二年,同年十月二十七日,由

"玛德莱娜·雷诺与让-路易·巴罗剧团"首演于马里尼剧院,但演出本身是"失败"的。

《戒严》跟《鼠疫》一样,都以瘟疫暴发为故事背景,但是更加高度象征化,加缪认为它是"最具个人风格的一部作品"。

关于《戒严》与《鼠疫》的关系,加缪曾这样解释说:1941年,著名的戏剧与电影演员兼导演让-路易·巴罗打算围绕"瘟疫的神话"排一出戏,而早先,另一位大名鼎鼎的戏剧作家安托南·阿尔托也对这个题材动过念头。几年后,巴罗找到一个更便捷的办法,即改编英国作家丹尼尔·笛福的《瘟疫年纪事》,并已经写出了排练的脚本。当巴罗听说加缪同一题材的小说即将出版,就立刻建议加缪为他的脚本写台词。而加缪则别有想法,觉得还是丢开丹尼尔·笛福,另起炉灶的好。

加缪在剧本《戒严》的开篇"敬告读者"中强调:"不管别人怎么说,《戒严》绝不是改编自我的那本小说。这一点应当明确。"

剧本的故事背景为西班牙加的斯城。剧情如下：

警报响起，有人倒下，有医生赶来检查，发现是瘟疫大规模流行，有人卖起了假药，有人胡乱猜测，有人造谣惑众。神甫则让人们去教堂，说是"惩罚降临了，古老的灾祸又来到了这城市"。法官的女儿薇克多丽娅求医生迪埃戈（该剧首演时，迪埃戈这一角色由让-路易·巴罗扮演）抱抱她，但迪埃戈怕自己可能染上了瘟病会传染她，没有答应她。而且他说自己感到害怕。瘟神（一个肥胖的外乡人）带着他的女秘书来向行政长官夺权，行政长官则宣布，为了众人的利益，他不得不把整座城市让给那个瘟神。于是，新的法令颁布："凡染上瘟病的人家，必须标记出来，画上半径为一尺的黑星"；"一到晚上九点，所有灯火都必须熄灭，任何人都不得在公共场所或街上游荡"；"严令禁止救护患病之人，只能向当局揭发，由当局来负责护理"；"提倡家庭内部互相检举，检举亲人者有赏，可得双份食品"；等等。于是，城里众人逃往大海，就连神甫也逃走了。而随着瘟神的女秘书的步步逼近，每一步都会有一个名字从她的清单中注销,即一条生命被夺走。瘟神登台宣告:戒严了!

第二幕开始时,瘟神指示女秘书列好名单,分发生存证。城市的管理一片混乱。一个女人找不到丈夫了,女秘书一查,原来他是被送进了集中营;一个女人的家被政府机构征用,无家可归的她带着孩子流落街头。迪埃戈被打上了患瘟病的标记,遭到警察的追踪,他躲到了未婚妻薇克多丽娅即法官女儿的家。法官认为自己是法律的仆人,必须把迪埃戈交出去,即便如今的法律已经成为了罪恶。法官之妻则认为法官很自私,一家人为迪埃戈的事争执起来,形成了生与死这截然对立的两边。迪埃戈染上了瘟病,属于死亡这一边,而薇克多丽娅则属于生命。二人为他们不能相互厮守而痛苦,而愤怒,而在愤怒之余,迪埃戈也意外地发现,勇气的力量原来可以战胜瘟疫,因为他奋斗到后来突然发现,自己身上的患病症状居然彻底消逝了!

迪埃戈号召人民起来反抗瘟疫,他们抹掉自家门上的星形标记，打开门窗通风，将患者集中起来……而瘟神的女秘书还在继续注销着一些人，但是，她发现，有些人已经无法被注销掉了，因为他们"不害怕"。一些居民前来抢夺花名册，争斗中，有人无意中划掉了一个名字，结果，法官家中的一个人应声倒下，后来发现，倒地快要死去的竟然是薇克多丽娅。为救爱人，迪埃戈向瘟神表示，自己愿意跟他做个交换，以献出自己的生命为代价，换来薇克多丽娅活下来的可能。瘟神答应：他可以把她的姓名（即生命）还给她，让薇克多丽娅和迪埃戈一起活命逃离，但是，作为交换条件，他们再也不能回来管瘟神的事，而让瘟神来统治这座城市。迪埃戈面临着最后的选择，要得到薇克多丽娅的命，就得"拿这座城市的自由来抵偿"。最终，在胜利之前的那一刻，他选择了以自己生命为代价，换来薇克多丽娅的复活。

《戒严》一剧与小说《鼠疫》如出一辙，描写了纯洁无辜的人们在面临突如其来的灾难时，发现生命变得荒诞，发现生活丧失了意义。比如，市民只有拥有所谓的生存证才配生存下去，而每个人在填写自己生存证中的履历时，必须写上生存理由。悖论的是，办理生存证的公务员，要求申请人提供一个健康证，而发放健康证的人，则要求申请人先提供一个生存证。而且，生存证的有效期只有一星期，到时候再看有无必要延期。又如：当那个自己的家被政府征用，自己不得不流落街头的女人要求政府给她房子住时，行政方面却让她提供一个"不能再待在街上的紧急理由"。如此，等等。

当加的斯城的上空出现彗星（凶兆），象征着瘟疫流行之际，居民人心惶惶，如临大敌。而政府担心的只是会出乱子，行政长官的意愿更是"在他的管辖区不出任何事，好让他保持如从前一贯的善良"，故而，他下令，谁若是说天上出现彗星，就是谣传，就要依法严惩。而青年医生迪埃戈则明确表示，他只承认真相，反对撒谎。这样的故事情景与人物行为，读者在小说《鼠疫》中早已经见识过了。

迪埃戈医生为了追求荣誉，不惜冒着生命危险救助被瘟疫感染的人，却逐渐陷入绝望之中。他的未婚妻薇克多丽娅因为坚定地追随着他，就遭到了瘟神的惩罚，他们之间的爱情也被瘟神禁止。但是他依然丝毫不为所撼，依然带领人们展开了反抗，反抗强加给他们的不公正。他向瘟神的女秘书这样宣告："就在你们明显的胜利中，你们实际上已经战败了，因为我们每个人身上都有一股你们摧毁不了的力量，有一种显而易见的疯狂：这种疯狂掺杂着恐惧和勇敢，既憷然无知，又会无往而不胜。"

在艺术手法上，加缪自己强调说，《戒严》不是一出传统剧，而是一出探索剧，它"将戏剧的所有表现形式熔为一炉，从抒情独白、哑剧、普通对话、闹剧、合唱，一直到群体剧，无不包容在内"。

《正义者》

《正义者》（*Les Justes*）是一出五幕剧，写于1949

年,同年十二月十五日首演于艾贝尔托剧院。

剧情的故事发生在 1905 年的莫斯科,属于社会革命党的一个秘密恐怖组织计划用投掷炸弹的方法来刺杀专制制度的代表人物谢尔盖大公(沙皇的叔叔)。

故事一开始,斯契潘在过了三年的监狱生活而越狱后,回到了组织的怀抱,这一次,组织派他来协助秘密小组完成刺杀大公的任务。他要求第一个扔炸弹,但组织上却决定由外号"诗人"的伊万·卡利亚耶夫(雅奈克)来第一个扔。斯契潘很不喜欢卡利亚耶夫,认为卡利亚耶夫是因为厌倦了优裕的生活才来参加革命的,还认为他浪漫、不守纪律、爱开玩笑、喜欢扮演小商贩角色、爱私自改变暗号等等。而卡利亚耶夫则认为,革命的目的就是要改变生活,是为了一种更美好的生活。卡利亚耶夫甚至跟朵拉·杜勒波娃谈到,他完全可以为革命而牺牲自己,甚至可以去上断头台。最后,同志们得到消息,谢尔盖大公第二天晚上要去戏院,于是,众人便分头准备起来。

第二天晚上,朵拉和鲍里斯等待着行刺的消息。但卡利亚耶夫却两手空空地回来了。原来,在大公的车上,当时还坐了两个孩子,卡利亚耶夫不忍心动手,生怕伤害无辜的儿童。幸好政府的暗探当时没发现什么,卡利亚耶夫得以溜回来向组织报告行动未果。斯契潘与卡利亚耶夫激烈地争论起来。卡利亚耶夫认为,革命是为了人民的幸福,不应该杀死无辜的儿童,不然,就不可能争取人们对革命的理解与支持。而斯契潘则认为,如果这两个儿童不死,那么,千千万万的儿童也许就将死于专制制度,也许革命就将推迟好几年,而这几年中,会有更多的人遭殃。最后,他们决定两天之后找准机会再干一次刺杀。

又是两天后,原定的杀手伏依诺夫对组织的负责人讲,他内心有些害怕,不愿意投炸弹,他只想去委员会干一些见不到血腥恐怖的工作,于是,他走了,轮到卡利亚耶夫来执行爆炸任务。卡利亚耶夫跟朵拉谈论起了什么才是爱。卡利亚耶夫说,热爱人民,为人民而牺牲,而献出一切,却不思回报,这就是爱。朵拉则说,她参加革命就是为了正义与爱。卡利亚耶夫表示,他会永远爱她,说完就毅然出发。七点钟时，大公的车经过这条街道，只听得一声爆炸，卡利亚耶夫刺杀成功了。

卡利亚耶夫被捕入狱。在狱中，一个曾杀死过三个人的同牢犯人认为卡利亚耶夫不值得去干革命。而卡利亚耶夫则认为，大地本属于穷人，犯罪产生于穷困，革命是必要的正义行为。警察头子进来劝说卡利亚耶夫不成，于是就让大公夫人来劝说，而卡利亚耶夫始终不愿意祈求她所相信的上帝，最终，她也毫无办法地走了。警察头子却告诉卡利亚耶夫，他会把卡利亚耶夫与大公夫人刚才的谈话"记录"下来登报发表，以便让组织内的同志相信他已经供认了悔意，但卡利亚耶夫却坚信，同志们是不会相信这一点的。

一个星期后，伏依诺夫回来找组织，要求接替卡利亚耶夫的那份工作，因为他深为卡利亚耶夫在法庭上的自我辩护词感动。朵拉宁愿看到卡利亚耶夫死去，而不愿看到他失去自己的信仰。确实，他们也得到了卡利亚耶夫的死讯：是夜晚十点钟宣布的判决，凌晨两点钟执行的绞刑。

最终，朵拉坚决地要求鲍里斯下一次行动就让她去第一个扔炸弹，然后，也是在一个同样漆黑的夜晚，她将像卡利亚耶夫那样义无反顾地走向刑场……

《正义者》依据了一个真实的历史事件，那就是社会革命党人用炸弹谋杀谢尔盖大公，就连剧中所写的大公夫人跟谋杀她丈夫的凶手会面的场面，也都是基于史实的。史料记载：那位叫伊丽莎白·费奥多罗芙娜·罗曼诺娃的贵夫人，在社会革命党人谋杀了她的丈夫之后，公开要求赦免谋杀谢尔盖的凶手。然后，她离开宫廷，成为一名修女，在莫斯科建立马大-马利亚修道院，致力于帮助穷人。

在这出剧中，加缪力图用古典主义戏剧的手法，制造出紧张的剧情，同时让充满激情、充满力量、充满理智的人物对峙，交流他们之间关于暴力革命、人道主义、爱情、生活的想法，在一种悲剧的结局中，让人去向往一种美好的未来。

《正义者》的主题无疑跟《鼠疫》以及《戒严》一脉

相承：集体的反抗、有限度的革命。《鼠疫》中塔鲁这个曾参加过"反死刑"组织的人物，在"正义者"卡利亚耶夫的内心中恐怕能找到某种共鸣。

当然，革命是被迫的行动，是因为社会的黑暗，人世间的不公，是因为说真话就要被"开除"，对此，剧中人物伏依诺夫说得很明白："光揭露社会的不公是不够的，必须舍命去铲除不公。"他的遭遇恰如我们在《鼠疫》中读到的人们在瘟疫威胁下的境遇。

但如何革命，革命者当中是有分歧的，剧中的第一和第二幕，斯契潘与卡利亚耶夫有过长篇的对白。斯契潘喜爱暴力，认为只要是为了革命采取什么手段都可以："我不热爱生活，而热爱高于生活的正义。"卡利亚耶夫则更为人道，他是因为热爱生活才来革命的："我们杀人，却是为了创造一个永远不再杀人的世界！我们情愿自己成为杀手，就是要让大地最终布满清白的人。"

斯契潘与卡利亚耶夫之间思想、观念的不同，在某种程度上也反映出了加缪与曾经一起共同奋斗的萨特等人之间的分歧。

恰恰是卡利亚耶夫那种"人道主义革命"的思想，感动了一度退缩的伏依诺夫，他在卡利亚耶夫炸死了大公并且被捕之后，决定重新回到组织中，来接替卡利亚耶夫的位置，来继续他未竟的事业，因为，他被卡利亚耶夫的最后告白打动了："如果说，我站在人类的高度抗议暴力，那就让死亡给我的事业戴上思想纯洁的桂冠吧！"

另外，我们在比较《正义者》中的卡利亚耶夫与小说《局外人》中的默尔索时，也能看出，这两个人物在对待荒诞世界的态度上，有一定的相同点，当然，也有很多的不同点。这两个人同样是杀了人，同样是进了监狱，但卡利亚耶夫对世界是有明确的反抗行为的，当然，他拒绝警察头目以及大公夫人的劝降，有些像默尔索在狱中拒绝指导神甫的劝说，只不过，默尔索是在司法判决之后，迎来了宗教劝说，而卡利亚耶夫则是在警察势力的代表之后，迎来了宗教的代表，最后才坚定不移地走向了所谓的专制制度的判决（这里，应该没有"司法"的一丝影子吧）。

《反抗者》

《反抗者》（*L'Homme révolté*）是一部论著，写于1949年到1951年之间，共分六章，其各章的小标题分别为"引言""反抗者""形而上的反抗""历史上的反抗""反抗与艺术""南方思想"。仅仅从标题上来看，就能看出，加缪所强调的反抗，是人道主义的反抗。其中，加缪用几乎一半的篇幅，考察了"历史上的反抗"，他对卢梭、圣茹斯特、黑格尔、马克思、赫尔岑、巴枯宁、列宁等人关于反抗、关于革命的思想作了深入的探讨。他认为，形而上的反抗（即通过行动，一个人起来对抗他的整个社会环境及其创造条件）就会陷入错误，甚至走向杀人（他举萨德、花花公子、陀思妥耶夫斯基为例子），或者走向邪恶（他举施蒂纳和尼采为例）。

至于《反抗者》中的很多思想，我在上文（第四部分：从《局外人》到《鼠疫》的"忠实于反抗本身——反抗的局限"这一节）中已经谈过了，在此不再重复。

结语

在加缪笔下，人们面临的世界是一个荒诞的世界，无论是在阿尔及利亚的阿尔及尔（《局外人》），还是在奥兰（《鼠疫》），无论是在高加索的山上（《西西弗神话》），还是在古罗马的皇宫（《卡利古拉》），无论是在西班牙的加的斯（《戒严》），还是在捷克斯洛伐克的小村庄（《误会》），甚或是在沙皇时代的莫斯科（《正义者》），人们都需要正视这世界的莫名的荒诞。

但是，在加缪的笔下，总是会有人站出来，不甘心忍受这荒诞的世界的羁绊，而要担起责任，起而反抗，无论是里厄医生及其朋友们，还是他们的西班牙同行迪埃戈，无论是遭受诸神永恒惩罚的西西弗，还是参加革命行动的卡利亚耶夫，他们都在反抗，而且，在反抗中见到了人道主义的力量，享受到了明媚的阳光……

他们，反抗的人们，应该是幸福的。

参考文献

[1] 阿尔贝·加缪. 加缪全集 [M]. 柳鸣九,沈志明,主编. 石家庄:河北教育出版社,2002.

[2] 阿尔贝·加缪. 鼠疫 [M]. 顾方济,徐志仁,译. 上海:上海译文出版社,1980.

[3] 阿尔贝·加缪. 加缪中短篇小说集 [M]. 郭宏安,译. 北京:外国文学出版社,1985.

[4] 罗纳德·阿隆森. 加缪和萨特:一段传奇友谊及其崩解 [M]. 章乐天,译. 上海:华东师范大学出版社,2005.

[5] 罗歇·格勒尼埃. 阳光与阴影:阿尔贝·加缪传 [M]. 顾嘉琛,译. 北京:北京大学出版社,1997.

[6] 奥利维耶·托德. 加缪传 [M]. 黄晞耘,何立,龚觅,译. 北京:商务印书馆,2010.

[7] 爱丽丝·卡普兰. 寻找《局外人》:加缪与一部文学经典的命运 [M]. 琴岗,译. 北京:新星出版社,2020.

[8] 张容. 形而上的反抗：加缪思想研究 [M]. 北京：社会科学文献出版社，1988.

[9] 黄晞耘. 重读加缪 [M]. 北京：商务印书馆，2011.

[10] 黄晞耘. 加缪叙事的另一种阅读 [J]. 外国文学评论，2002（2）：112-121.

[11] 让·吉奥诺. 屋顶轻骑兵 [M]. 潘丽珍，译. 南京：译林出版社，1998.

[12] 卡迈勒·达乌德. 默尔索案调查 [M]. 刘天爽，译. 北京：人民文学出版社，2017.

[13] 袁筱一. 文字传奇：十一堂现代经典文学课 [M]. 上海：华东师范大学出版社，2019.